我爱我鱼系列丛书

金鱼 华夏之粹

张浩川 润 龙◎著

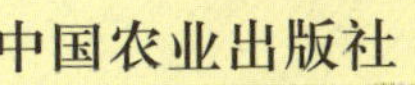

图书在版编目（C I P）数据

金鱼 : 华夏之粹 / 张浩川，润龙著. -- 北京 : 中国农业出版社，2013.1
（我爱我鱼系列丛书）
ISBN 978-7-109-15494-0

Ⅰ. ①金… Ⅱ. ①张… ②润… Ⅲ. ①长篇小说－中国－当代 Ⅳ. ① I247.5

中国版本图书馆 CIP 数据核字（2011）第 154718 号

我爱我鱼系列丛书

金鱼 华夏之粹

责任编辑 林珠英 黄向阳
出 版 中国农业出版社（北京市朝阳区农展馆北路 2 号 100125）
发 行 新华书店北京发行所
印 刷 北京通州皇家印刷厂
设计制作 北京润龙恒业科技有限责任公司
开 本 880mm×1230mm 1/32
印 张 5.5
字 数 88 千字
版 次 2013 年 1 月第 1 版 2013 年 1 月北京第 1 次印刷
印 数 1～5 000 册
定 价 35.00 元

目录 Contents

第一章　我出生的地方

第一节 脱　水

如果我是像人类或是猴子一样的哺乳动物，我还可以在睁开眼睛的一刹那，感受一下阳光的灿烂和美好。可惜，上帝不愿意这么安排，他老人家大概是怕我嫌麻烦，直接给了我一双没有眼睑的眼睛。于是，从我破卵而出的第一天起，我那占据了整个头部半壁江山的大眼睛，就成了我认识世界的第一向导。

刚刚获得新生的我，还一动也不能动——您可别觉得但凡是鱼类就都能在水里多么悠然自得似的——因为肌肉还很柔软，鳍叶也没有展开，我根本没有能力驾控自己的身体，只能默默地趴在一堆绿色的“杂物”上①静静地呼吸。实在无聊得紧了，便努力扭动身子，给眼睛换一个角度，让它接收点新鲜的画面。

这个时候的我知道呼吸，还没有饥饿的概念。我仔细观察

着远处的同伴——这大概是本能吧，反正我一看见那只动物就知道和我是一奶同胞——它有着一个透明而圆润的肚子，大约就是这个肚子提供着我们所需的营养吧？

我想换个姿势，用力抬了抬头，蓦地发现在那位同胞的身后，一直蔓延至我们的周围，还有着数不尽的亮晶晶的大眼睛和圆润的小肚子——“我的妈呀，原来我的世界这么热闹呐？！”

可惜的是，虽然有这么多朋友在，但大家全都不能动，我看见了它们，它们肯定也看见了我，一群小鱼苗子大眼瞪小眼，就是凑不到一块儿去，这其中的焦急是可想而知的。

好在大家本就离得不远，虽然不能互动，但彼此间以眼神传递信息，倒也不觉得寂寞，反而增添了更多快乐的期待。

不知不觉间数日已过，我的想法得到了证实——就是关于肚子的那个想法。通过我的观察，我那位同胞的肚子在这几天变小了，但它的颜色变深了些，鳍叶也都逐一地张开了。

当然，相同的变化一定在我的身上也发生了。就在我对面的同胞所有鳍叶全部展开的那一天，我试着抬起脑袋，同时甩动尾巴，竟然真的游了起来！其他伙伴看见纷纷效仿，一时间，这碧波清水之间，仿佛大草原上升起了无数的孔明灯，一对对亮晶晶的大眼睛自下而上，扶摇直至水面。参差错落之中，展示着造物者的神奇美丽和我们追求生命的喜悦。

不过毕竟天不予全美于人，这美好的景象也会多少有一些遗憾。我低头望去，忽然见到并不是所有的鱼苗都像我们一样快乐地飞升，有相当一部分同胞静静地翻躺在水底，皮肤已变得苍白，眼睛也失去了莹亮的光彩。

我在它们的身上看不到生命的气息。我想，它们已经进入到了一个被称为“死”的世界。另有一部分同胞，它们活着，但亦被黑色的阴影所笼罩。这些鱼苗的身体不是平直的，而是随意地扭曲为“L”字形或是“S”字形。这些让人琢磨不透的形态，使得它们无法正常游泳，只能挣扎着从那团绿色的“杂物”上游下，然后，径直向更深的水底沉沦[②]。我遥遥地看着它们，虽然它们的鳃盖还在翕动，我却感觉它们已离我越来越远。

……

从水底到水面的升华，应当是在下午进行的。反正，当我的嘴尖顶到最上层的水皮儿没多久，天就完全黑了。当光明再一次泼撒到我的身上时，一个圆形的阴影遮挡住了我的天空，接着我听到了一阵声音——我不知该怎样形容它，大约可以比作是野狗见到骨头时的吠声吧。

无论如何，这吠声的确是代表了兴奋，从那声音传到水面所造成的压力震颤的频率便能肯定。那么这声音的主人因何兴奋呢？会否同我们一样也是因这神奇造物所展露出的妙不可言的美丽呢？

来不及容我多想，一个巨大的物件缓缓伸进了水中。这物件方形略圆，宽厚多肉，前端探出五个爪来，后来我知道它有个名字叫“手”。“手”伸到水底，将好些团绿色的杂物钳住，拎了出去，一时间荡起了波浪，把沉在水底的鱼卵、尸体、畸形的鱼苗全部卷了起来，在水中旋转、碰撞。我们这些贴在水面的同伴，避开那团杂物后，拼命逆着水流游泳，这才勉强保持住了平衡。

少顷，尘埃落定，水体恢复了平静，那些杂物又纷纷沉到水底，并且因为少了那团杂物而显得愈加分明。

此时，又有一根粗长的管子直伸到水底，顷刻间暗流涌动。那管子鲸吞龙吸般抽走底部的浊流，连同那鱼卵、尸体等一并带走。我的头顶被水面压着，身体缓缓下降，想是这容器中的

水不停减少，愈来愈少了。

当时，我庆幸一件事，那便是我终归是一条鱼苗，还未有成年鱼类的心智。若我此时是一条已近成年的金鱼，恐怕立刻就会想到："这容器中的水渐趋抽干，彼时水涸搁浅，吾等一众金鱼无所依靠，命必休矣！"若真是如此，那我必将度过一段非常忧虑、痛苦、焦躁乃至绝望的时间。好在这个假设是不存在的，随着水位逐渐下降，我的大脑还没来得及思考任何不幸可能发生的时候，一泓清泉从天而降，将我裹入水流之中③。

新水的到来，立时扭转了局面，水面又被缓缓向上托起。新水不断注入，水位渐次升高，及至最初的高度。此时依我身体本能判断，新注入的清水大约占据了容器中的三分之二，这六七成的新水使得我的全身倍感清爽，精神为之一振，愈加畅快地游蹿到同伴之间。

小贴士

①那团"杂物"是水草，在金鱼繁殖时，养鱼人会将一定量的水草置于水中，亲鱼将鱼卵产在水草上，便于人们收集和护理。

②鱼苗在孵化的过程中，死胎率和畸形率还是很高的，所以，能够幸存下来的幼鱼，还请大家多呵护呀！

③这个过程即称为“脱水”，指的是将孵化鱼苗的老水抽走，替换为新水。新水的注入，可以让鱼苗更有活力，食欲更加旺盛。至于脱水的时间，有的人在鱼苗刚会“平游”的时候就进行，有的人则会延迟至两周龄。两种手法仁者见仁，智者见智，您可以根据自己的喜好来选择。

需要指出的有两点：

第一，所谓的“新水”，决不是刚接出的自来水，而是充分曝晒，打氧（至少 24 小时），并且温度与孵化鱼苗的“老水”相同的水。

第二，注入新水时，切不可让水流像“瀑布垂虹”般倾泻而下，而是要缓慢注入。

第二节 这是什么

清澈的新水让我和伙伴们莫名地变得活力四射，一刻不停地贴着水皮儿游泳，无数对鳃盖快活地翕动，大口地呼吸，仿佛要将这取之不尽的氧气也完全占为己有。

不过，精力这东西始终有限，我们是鱼，不是太阳能充电器。游了大约有一上午，一个叫“饥饿”的亲戚首先找上门来。这家伙真是讨厌得很，明明是有求于人，却不知道低头说话，反而理直气壮，大声喧哗，好像我一开门就欠它二百块钱似的。不得已，我开始为了它四处觅食，可这容器中的一钵清泉，真是实打实的“清可见底”，除了其他鱼苗伙伴外，便空无一物，我哪给你找吃的去呀？

正在郁闷不可支的时候，那只“手”又下来了。这次它带来了新东西——和之前它带走的一样，乱糟糟一个团，只不过颜色——好像是白的。不过这东西并不是简单地泡在水里，只见那“手”轻轻地揉搓，一阵黄色的烟雾随即由“白团”中渗透出来。

几乎不用多想，我的本能已经告诉我那是什么——食物！

当我反应过来时，已经向那个白团冲去，旋即一头扎进烟雾中，开始我人生的第一餐[①]。

说是烟雾，其实离近了看，就会发现那是极细小的淡黄色小粒，它们悬在水中，缓缓地下沉。我张口接住一个，试着咀嚼了一下，立时一股浓郁的香气充满我的口腔，而且这黄色小粒极其绵软，口感和滋味俱佳，才吃一口，便勾起我无尽的食欲。我游向烟雾看起来最浓的地方，不停地大口吞食。

我吃，我的同伴们也吃。眼睛还没看到时，耳朵里已经传来此起彼伏的“咽咽”吞咽声。抬头扫一眼，众位伙伴也都张大了嘴巴，卯足了力气在进食，那架势仿佛不把自己噎死都白来了世上一遭似的。淡黄色的烟雾看着再多，也禁不起这样的饕餮食客，不一会儿便被打扫得干干净净，水中又恢复了澄澈。

我和一伙同伴们做着餐后运动，边打饱嗝边互相欣赏着对方已撑到透出黄色鼓胀的肚皮。这大约是我们获得生命以来过得最有意义的一日，所有人都傻傻地回忆着刚才的美味，并将全部的期盼与渴望都投放到明天。

……

连日来吃着淡黄色的颗粒，这期间几乎没有停过食。每当

我看到同伴的肚子瘪下去，淡黄的颜色渐渐消失，饥饿的感觉就会来临。而此时那只“手”也好像恭候多时似地应时降临，为我们带来新的一餐。如此持续了大约四五天，这一天，淡黄色的烟雾不再出现了。

我们饿得发慌，纷纷游到水面上索食，猛然间一个抄网压顶而下，在水中兜了一圈又出水面。我们顶着它造成的乱流游了一会儿，却发现这位不速之客还真不是空手而来。在它走后，水中多了很多奇怪的“新朋友”。

这些“新朋友”肯定不是鱼。它们没有鳍，也没有鳞片，而是一个橘红色的圆球形身体，只在头部长有两根短短的触须——非要说成你们人类可以想象的样子，那便是：一个西红柿上插着两根火柴[②]！其时我们正饿着，看见这入水的红色肉团儿纷纷围上去欲做啄咬。怎奈这些家伙虽说不是太大，却也几乎赶上我们的脑袋，以前可没吃过这么大的东西呀！

为求谨慎，我还是先和它们打了招呼！

“喂——你们谁呀——你们打哪来的？”

连问了三句，对方却没有回答，只是在水中自顾自地游泳。它们游泳的样子很逗，不是像我们一样平顺地滑行，而是一跳

一跳地前进，这样的运动方式让它们不太容易保持平衡，有时甚至会翻滚起来，好像是没头没脑的苍蝇在到处乱撞。我也许是离得近了，忽然一个红蹦——姑且让我这么称呼它吧——撞到我的嘴边，我情急之间反射性地张开嘴，狠狠咬了下去，顿时一股鲜美的汁水流入我的口中，与此同时，前面也传来了一句喊声：

“哎哟妈呀，你咬着我屁股啦！”

——原来是屁股，难怪这么多肉！我不理会“脑袋”的叫喊，三口两口把它吃了下去，最后还摆出了一个很爽的吞咽表情。其他伙伴见这东西能吃，立刻围笼过来，群起而攻之。那红蹦原来也不傻，看见有人追咬，没了命似地奔逃。无奈凭它们那圆胖的身躯和效率低下的游泳方式，怎敌得过这一群虎狼似的饿鬼？任它们如何闪转腾挪，最终一一进了我们的肚腹。

不过这一群红蹦的数量着实不少，我已经撑得快游不动了，还能看见那些小肉团成群结队地四处跳动。于是，我们和红蹦的持久战拉开了序幕，在之后的很多天里，我们的快乐全部建立在了对它们的追杀、啃噬和吞咽之中。而当它们最终有一日离我们远去，我们的食谱又换了新菜的时候，那便是又一个故事了。

小贴士

①这个东西是纱布裹鸡蛋黄，传统饲养中喂养鱼苗的优质“饲料”。

②这个就是鱼虫，是鱼苗和成鱼最好的食物。春、夏季节在鱼市上非常容易买到。因为身体呈红色，所以俗称“红蹦”。

第三节 新人出场——无穷无尽

天气炎热的季节，尤其秋老虎快过的时候，早晨是一天当中最惬意的时刻。其时正逢夏秋相交，天高气爽，虽然中午、下午持续炎热，但在清晨时已多为云淡风清，凉意渐袭，引得很多享受生活的人纷纷早起，呼吸吞吐这天地间应时更替的生气。

阿旺和阿财也一大早就起了，不过他们可不光是为了晨练。天已经亮了，但太阳还没出来。阿旺伸了个懒腰，使劲抻了抻骨头架子，然后，倒背着手溜达到一溜水槽子边上——前阵子，种鱼甩籽，出了几盆鱼苗，着实让阿旺忙活了几天。虽然有书上说“秋子”（即秋天出生的鱼苗）不容易长大，但阿旺不在乎，他相信只要自己精心照料，手里的鱼苗都能健康成长。

阿旺一个槽子接一个槽子地看着，发现有几个槽子里的鱼苗明显比其他的能吃，鱼虫已经快“干净”了，便歪着脖子喊他的弟弟：

“阿财！头排第二个槽子和最后这仨，没虫了，给喂上！”

阿财是阿旺的弟弟，年龄看上去就小很多。他是最近两年才过来跟着哥哥折腾金鱼的，算是个新手。不过，所谓“熟读唐诗三百首，不会写诗也会吟”。阿财边做边学，也渐渐有了阿旺的四五成功夫，越来越像个真正的鱼把式了。此时，听得阿旺喊他，连忙一手拎个大桶，另一手拿着抄网，走到他哥交待的那几个水槽边，往里头捞鱼虫。

水槽子大，鱼虫少了点，刚刚够两槽子的。阿财把最后一点鱼虫都捞净了，冲他哥喊了一声：

“虫没了，我再去捞点儿！”扭身推自行车去了①。

临近秋天的时候，鱼虫越来越少，阿财骑车找了几个水坑都没瞧见鱼虫的影子，最后在一个老远的大水塘子里捞着了一点。回家的时候，太阳都升起来了。

捞回来的鱼虫太少，给一个槽子的都不够。看着鱼苗们顶着水面寻食，阿财心里也着急。偏偏这时候阿旺还出去了，阿财没办法，围着房子瞎转悠。忽然他眼睛一闪，真是天无绝人之路。

原来之前阿旺留过一大瓶鱼虫，好像还是特意攒的，大概就是为了应付这种局面吧？阿财拿起这瓶鱼虫，欣喜之余倒不忘仔细看了看：“这颜色不对呀，不是红色的，是土灰色的。”不过，除了颜色，其他没什么不一样的，鱼虫们一个个活蹦乱跳，显得营养健康。既然是救急，也顾不了这么多了。阿财捧着大瓶碎步跑到水槽边，把一瓶子鱼虫倒了进去。

……

阿旺回来的第一件事，便是跑到冰箱前拿出冰镇的啤酒——这东西无论什么时候喝都让人觉得那么爽。喝了几大口之后，他来到院里，一个一个巡视鱼槽。忽然他眉头一皱，转身快步走回房子里，旋即听到他的喊声：

“阿财，阿财！你过来一下！”

不等人到，阿旺已经走向了水槽。阿财紧跟两步，才追上了他。

阿旺：“你是不是把我攒的那桶鱼虫给喂了呀？就灰色的那桶。”

阿财：“嗯，外面捞不着鱼虫了，就把那桶给喂了——那不行么？”

阿旺：“……行倒是行，不过我是不想现在喂，你仔细看看。”

阿财听话，趴在水槽子边上盯住了看，半晌，忽然叫道：

“哎呀，它咬！”

“对，这种鱼虫跟那个红的不一样，你看它是灰色的，咱们就叫‘青蹦’。这青蹦凶，不光游得快，还敢咬鱼苗，刚出来的小鱼苗都不敢喂这个。”

“那你还攒了一桶？”

“正好捞着了，就攒着呗！我是想等鱼长大点儿再喂的，谁知道你今天就给撒了。”

“那……怎么办呀？这鱼苗不会坏了吧？”

“就这样吧。万幸咱这鱼长了点儿，现在青蹦就算咬，也伤不着肉了。鳍上可能得咬破了，让它们自己长吧。”

……

下午的时候，阿旺把之前没有卖的废品大可乐瓶子全部收集起来，一个一个洗干净，剪成敞口瓶。阿财看见了，问他这是干什么。

阿旺：鱼虫要过季了，咱们自己繁殖点丰年虾，以后就不麻烦了。

阿财：丰年虾？什么东西呀，很好繁殖么？

傲深
观赏鱼用盐

阿旺：嗯，虾卵是买来的，孵化的话有这个大桶，一个大增氧泵，再加上它——就足够了。

阿财：这是——“傲深特别处理观赏鱼用盐”，嗨，不就个大盐吗，还用这么漂亮的包装。

阿旺：嗯，就是盐，不过一般市面上的大盐太脏了，“傲深”这个是处理过的，干净，据说它来自红海，富含矿物质和微量元素，是首选的好海盐。

阿财：那你吃饭用的盐不是更干净……

阿旺：那个是加碘盐，对丰年虾的孵化影响太大，用大盐是最合适的——好了，废话不多说，现在我来演示一下丰年虾的孵化方法。

丰年虾孵化大法之阿旺现场教学版：

第一步：将可乐瓶洗净，剪成敞口状。

第二步：配制丰年虾孵化用的咸水，比例为 1 升水加盐 15 克，依此类推。

第三步：适量加入丰年虾卵（两升可乐瓶加入 4 ~ 5 克即可），并放入氧气管，开始打氧。孵化期间氧气不可间断。

第四步：24 ~ 36 小时，丰年虾便可孵化出来。

注意事项：

（1）丰年虾的孵化需在25～30℃的环境下进行，所以夏、秋两季最为方便。

（2）孵化后的丰年虾要立刻取用。因为丰年虾的幼苗是靠消耗体内的卵黄生存的，若时间久了，营养成分必然大打折扣。

（3）取虾的方式也很简单：

①丰年虾孵化后，在水中明显分层，上层为卵壳，下层为丰年虾。只需用软管将下层的虾苗抽出即可。

②丰年虾有很强的趋光性，若在晚上取虾时，可在瓶子旁边放一个手电筒，虾苗会全部聚拢于光源周围，抽取十分方便。

③由于丰年虾的孵化速度十分快，所以切忌一次性全部孵化，吃不完的话很容易造成浪费。

希望各位鱼友本着有组织，有计划、有预谋的指导方针来孵化虾苗，真正达到源源不断、无穷无尽的可持续发展境界。

小贴士

①鱼虫是金鱼饲养中最好的天然饵料，幼鱼以鱼虫

饲喂，不仅生长迅速，而且不易生病（比人工饲料好得多）。鱼虫一般春、夏两季在市场都可以买到，如果要自行捞取的话，在可以找到鱼虫的水塘，需要清晨前往捞取。因为鱼虫在这个时候会成群浮上水面，易于捕捉。另外，如果是饲喂鱼苗的话，切记只取红蹦，不取青蹦。

第四节 遴　选

为什么倒霉的会是我？！

我身上挂着三只凶猛的青蹦，愤怒地盯着导演：“十二个鱼槽，只有一个槽子里被不幸撒入了青蹦，为什么偏偏是我所在的这个？买彩票也没这么幸运的吧！”

可导演居然歪着头跟阿旺聊天，完全无视我的存在。只有那个面瘫的剧务在后面举着一块牌子，写着：“因为你是主演嘛，所有的戏份都要往你身上招呼呀，哦嗬嗬嗬嗬……”

“这两个混蛋，早晚教训你们！”

不过好在我的身体长大不少，表皮也变得坚硬了，这些青蹦虽然咬得锲而不舍，始终对我不能构成危害，顶多也就是鳍尖上柔软的地方被咬破一两个小口，不痛不痒的，爱咬咬去吧，等你们咬累了，我再吃了你们！

说起这吃，我还真有点怀念之前的那些朋友们，事情大约是这样的……

镜头追溯至一周前，阿旺和阿财蹲在鱼槽子边。

阿财：哥，这小鱼苗长了十来天了，真是眼见着变大呀。

阿旺：那可不，咱喂得好，自然长得快。你看这小鱼，吃得多欢。

阿财：是呀是呀，尤其这条，这条……还有这条，嘿，吃得真猛，都能游到别的鱼头里去抢！

阿旺：嗯，吃吧吃吧，吃饱了这一餐，就送你们上路，投胎也做个饱死鬼呀①！

阿财：啊？哥，你这是什么意思？

阿旺：你仔细看看这些鱼，为什么总能游到别的鱼头里去？

阿财：……？

阿旺：看它的尾巴。

阿财：……啊！我明白了，这些鱼之所以游得快，是因为尾鳍是单尾，不分岔；而其他鱼尾巴已经分岔了，都是四叶尾，游不起来！

阿旺：对了，咱们这金鱼是要四叶尾的，这些单尾的鱼苗都是返祖，不成材，得淘汰掉。

阿财：呃……可我看这单尾的小苗不老少啊……

阿旺：差不多就是这样，咱们挑一次，能留下一半就不错——来，你也练练眼力，你挑，我捞。

……

于是在阿旺和阿财的“精诚合作”下，槽子里的弟兄们有二分之一就这样“不知去向”了……

不过，我对这件事情的反应倒没那么伤感，起码，它们走了之后，食物充足了许多，并且再也不会有人在我好不容易要追上一只红蹦的时候，突然一下子冲到前面把食物抢走，生活看上去似乎安逸了许多。但是，如果你以为游得快吃得多的家伙才会倒霉的话，那我告诉你，你小看我们了……

镜头追溯至四天前。

阿财：哥，我觉得你眼神不对。

阿旺：是么？

阿财：嗯，特兴奋——你上次淘汰鱼苗的时候就是这种眼神。

阿旺：这样啊……那是杀气呀，善哉善哉。不过弟弟，咱们的确得再忙活一次了。

阿财：嗯，又怎么了？

阿旺：你看这条，这条……还有这条，我先不说，你想想它们有什么问题？

阿财：嗯……的确好像是游得慢，吃东西不利索……对啦，是它们的背！它们的背不是平的，都往下弯，看着像畸形，所以比别的鱼游得慢！

阿旺：不错，很有长进嘛，咱们这鱼叫红顶虎头，要的就是平背，这种弯腰畸形的，长大容易栽头②，所以现在就得剔掉。来，还是你挑，我捞。

于是，在两兄弟的“二度联手”下，剩下的弟兄们又有二分之一去“云游四方”了……

这次我的反应比较激烈，因为…因为…因为可恶的青蹦被倒进来了！我的天呐，鱼一下子少了一半，这青蹦的数量就显得何其之多，怎么吃也吃不完，还要不时被它们骚扰——喂，就说你呐！别咬了，你个死跑龙套的！

青蹦：拜托，我在这部戏里的结局可是被你吃掉耶，命都搭给你了，还不许我咬你两口过过干瘾吗？

虎头：行，那我看你已经很有觉悟了是吧，我咬——

青蹦：呃啊……弟兄们上，给我报仇！

终于挨到了今天，青蹦也吃得差不多了，生活终于要回归正轨了吧——咦，等一下，水面上那个脑袋……那个眼神……难道说……

阿财：哥，你眼睛里又冒出杀气了。

阿旺：啊，是吗？呵呵，善哉呀善哉！

阿财：……你少来这套，快说，又怎么了？

阿旺：弟弟呀，咱们这红顶虎头是蛋种金鱼，你还记得蛋种金鱼的特征么？

阿财：当然，蛋种金鱼是不能有背鳍的。可是你看这条，这条，还有这条……

这条：怎么老是“这条这条”的！我在这幕剧里已经义务奉献三次了，你就不能说 “那条”？

导演：我也没办法呀，“那条”这几天有事外出，只能都让你来顶了。不过没关系，我会给你月底奖金的！

阿财：——它们都有背鳍！

阿旺：对了，这也是一种返祖现象，咱们行话叫扛枪带刺儿。这样的鱼也是要淘汰的，动手吧！

于是……结果不用我说了吧，在本已不剩几个兄弟的水槽子中，又有二分之一最终光荣退出了历史舞台……

前面的三拨“二分之一”：剩下的弟兄们，今后的故事就交给你们了！

小贴士

①阿旺的意思就是要把这些鱼苗淘汰掉，这个过程就称为遴选，即在育苗生长至一定阶段的时候，将不合格的幼鱼淘汰掉。

遴选的原则是宁缺毋滥，不怕留下的少，只要都是精品就行。遴选时要狠下心，本着“先武后文”的方式，初时只要有明显缺陷的、身体过于孱弱的，甚至看上去不顺眼的，都可以大刀阔斧地“选”掉；最后，还要仔细分辨，观察幼鱼身上不易察觉的缺点，将其剔除。遴选的结果有时非常可怕，动辄就会有一半被干掉，剩下来的一半在日后的饲育中，也会因生长情况的不同而淘汰掉一部分。

②栽头是个大麻烦，意思就是整条金鱼呈“倒栽葱”的姿势立在水里。很多种因素都会导致栽头的发生，在以后的故事里我们会详细介绍。

第五节　丑小鸭见天鹅

遴选一周后。

阿财：哥呀，这丰年虾虽然好，可是每天都要抽一管子，还真是麻烦，捞鱼虫可比这痛快。

阿旺：嘿，你个小兔崽子，这点麻烦都受不了，还想养金鱼呀。

阿财：不是受不了。我看见市场也有卖鱼饲料的，还有专门给青苗①吃的呢，不能用那个么？

阿旺：小子，你听好了，咱们的苗不到三厘米大小，绝对不能用饲料。你也趁早打消这个念头，给我老老实实地孵化丰年虾，知道了么？

阿财：孵化是没问题，我肯定听你的，可是……为什么呀？

阿旺：这都是老辈儿人的经验了，说是这鱼苗呀，三厘米——甚至是五厘米之前，因为生命力旺盛，基本上不会得病。但是这生命力靠什么呢？就得靠不停地进食活鱼虫来保持。这鱼虫的营养价值高，而且最适宜鱼类身体的吸收，鱼苗吃了它，才能长得又快又好。

还有一点，在现在这个阶段，鱼苗是不能断食的，随喂随吃，让它自己吃饱了算。你要是喂鱼虫，鱼吃不了的鱼虫能自己活在水里，不脏水；可你要是喂饲料，万一给多了，它在水里一旦变质，就脏了水了，到时候这一槽子鱼都得完蛋。

阿财：这样啊……我明白了，那我一会儿再去弄丰年虾！

阿旺：嗯，这几天是关键，一定要保证鱼的营养。你看看咱这鱼——那边那两条。

那边（画外音）：我胡汉三又回来了，捏嘿嘿嘿嘿……

阿财：嗯……哎呀，褪色了！

青蹦终于吃完了，随之而来的又是一群傻乎乎的鱼虫。初看上去，它们身体微红，我还以为是久违的红蹦，谁知吃上一口，味道并没有那么好。皮有点硬，汁水也没有红蹦的鲜香，不过咀嚼的时间长一点，还是会有些回味的。算了，毕竟是口吃的，聊胜于无嘛，而且它不咬人，不像青蹦那么讨厌。日子久了，也竟成了这里颇受欢迎的“访客”。

这几周的时间里，我们的身体在不断地成长，几乎一天一个尺寸。尤其这两天，不光平方面积和立方体积有所增长，连体色也跟着起了变化！起初，我们不过是清一色的一群灰黑色幼鱼，但随着某一天阳光射进我眼睛的时候，我惊讶地发现，同伴身上出现了淡黄色的斑纹！

我急忙抬头扫视四周，有十几位同伴都出现了这样的状况。一开始其他伙伴还以为它们是病了，但看它们吃得饱，睡得好，丝毫没有半点不适，才放下心来。倒是余下的众人，在接下来的数天里，接二连三地也出现了黄斑，且这黄斑越来越浅，曾经的黑皮越褪越少，到后来干脆变成了白底配黑条纹，游在一起就像是一群斑马。

这模样确实是好看了。记得我曾经听过一个故事，说是有一只叫“丑小鸭”的灰色小鸟，天天叫唤着要变漂亮。后来也不知怎么着就换上了一身白毛，变成美丽的天鹅。我们现在虽然还不是全白，但看这趋势，绝对有门儿。最先褪色的同伴里，有两条已经“白”得差不多了，额头上还能隐隐看出顶着一块黄色的圆斑，每每游过，总能羡慕得我们直流口水。

但好运似乎也就到此了。一周之后，除了寥寥可数的几位同伴最终退成了全白之外，剩下的大部分都保持着“斑马团队”的体色，有几条甚至这个时候还是黑色的底色占据上风。这可怎么办呢？

没关系，我是主演。我烦恼，自然有人开始动作。

正在我还为自己的“美容计划”停滞不前而纠结的时候，那根好久不见的皮管子又出现了。如前一模一样，它又开始山呼海啸般地喝水，直至我都开始担心，自己是否会成为搁浅之鱼的时候，才突然离去。旋即，清冽的新水从天而降，我抖了个激灵，浑身舒坦了一下，仿佛鳞片都跟着伸了个懒腰，莫名其妙地精神了起来②。

小贴士

①“青苗”，即三至五厘米大小，尚未褪去黑底的幼鱼。

②这次的换水与上次一样，依然是抽出三分之二的老水，同时注入等量的新水。这次换水的作用是“脱色”，时间大约为鱼苗一月龄时，目的是以新水刺激青苗，帮助青苗更快、更好地退去黑色。

第二章 过关斩将

第一节 脑袋有点痒

注入新水之后，效果算是立竿见影。大约四天的时间，我们退得差不多银装素裹了。按照阿旺的话说，之前是因为水太老，我们被“锈”住了。以后，有规律地时常换些新水，对我们的变色很有帮助。

之前说过，先褪色的两条鱼头顶上透出了黄色的圆斑，全体大褪色之后我看了看，大部分鱼头上也都有，只是零星的几条通身全白，不见变化，倒也素净。

不过，最近的身体出了点状况，让我有些不舒服——确切地来说是我的脑袋。不知道为什么，这几天它总是间歇性地发痒。我以为是有哪个虫子来咬我了，让同伴们仔细看了看，都说没有。有的伙伴说是“头痒痒，想洗头”了，我一掌把它拍飞——我们现在天天是在洗头，还用得着你说！

既然如此，那这痒的根源大概只有一个解释：过敏。水是常换常新的，过敏源不可能出在这里。然后就是食物。这可真有点“疑邻盗斧”的意思了。自打我这个念头一冒出来，看着那成群的丰年虾就十分可疑，尤其它们不停地在水中扰动的腿脚，好像被我吞咽进肚的丰年虾，直接爬进了脑袋里，在我的头皮里悉悉索索地抓挠……念及此处，我禁不住一个激灵，鳞片都奓起来了。

虽然，这个构想理论上成立的可能性不大，但不知为什么它一出现，便在我的脑海里挥之不去，晚上做噩梦都能梦见它，我着实有些急了，让我的同伴们再次仔细检查我的头顶，甚至用嘴啄也可以。让我想不到的是，非但那些检查我的同伴没有查出什么毛病，它们自己还被我给传染了！“疫病”的流行十分迅速，很快所有人的脑袋都痒起来。

一开始大家还有意无意地相互躲着走，后来也无所谓了，反正是“殊途同归”，谁也不用怕谁。到最后，甚至开始无奈地一起调侃病情，等着看谁的脑袋上先“开出一朵花”来。

花固然没开，但也许是为了应和我们的玩笑，这头顶上的故事竟又展示了新的玄机。某一天早晨，当我照例扫视着同伴

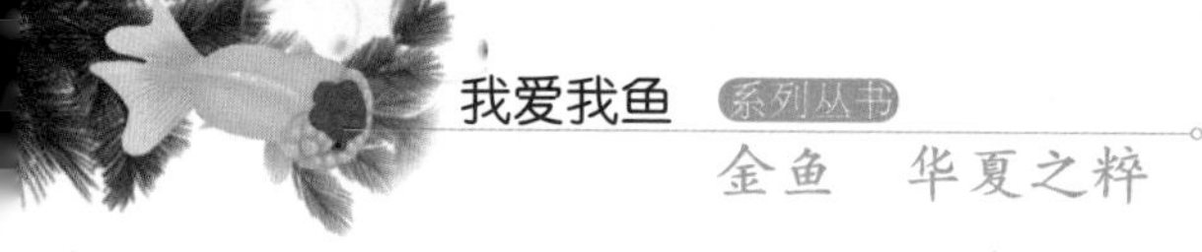

们的额头时，突然发现它们的病情加重了！那原本应该是平顺的黄色斑纹，竟然像肉瘤一样微微隆起，并且颜色加深至橘红色！

“发炎了！”这一惊可是非同小可，鱼群里顿时炸开了锅。被发现有“异变”的那几个哥们儿一开始还没什么事，经这么一折腾，一个一个都以为自己大限将至了，一整天都无比郁闷。当然，根据传染病的规律，第二天、第三天，它们找到了盟友；第四天、第五天，全槽子的鱼又结成了“统一阵线”。所有的伙伴都顶着一个微微隆起，且日渐增红的肉瘤，仿佛末日来临前的天降罪诏。

不过，有害怕的人，就有勇敢的人。最先提出质疑的是那几条通身洁白的幼鱼，它们直到现在脑袋上也没有长出任何色彩。

白条一：我们的头也痒，我们的头上也长出肉瘤了，可并没有因此变成红色。可见，你们头上的红色并不是发炎。

白条二：虽然头上有了些变化，但我们的身体不是依然在长大吗？我们的食欲不还是一样很旺盛吗？

白条三：而且，关键的是，除了头几天外，难道你们现在真的还觉得那么痒吗？这个"痒"难道不是心理作用的延迟吗？

大伙听了这三位的话，纷纷开始交头接耳，小声对话。

群演一：对呀，听它们一说才觉得自己其实健康得很呐。

群演二：如果真是发炎，肯定有很多的并发症，但是我现在还是吃得饱、睡得好呀。

群演三：你们看我都长胖了呢。头上那个东西，不想它的时候完全就是不存在呀，吃饭的时候谁还在乎它？

群演四：9494，前几天是真痒痒，现在完全是心理作用。就是看见你们，才会反射性地觉得头痒。

群演五：要不是有你们在，我现在都不知道头上发生了变化呢。

……

于是，在这场由于最终变得过于喧闹而不得不自行解散的老鼠会结束之后，"头痒痒"的问题就这样莫名其妙地解决了。"红色肉瘤"在之后的三天里成为了一个普通话题，第四天变为饭后闲篇，第五天降为花边新闻，第六天受到严重鄙视，第七天它干干净净地消失了。

第二节 饿瘦几位

脑袋的问题算是解决了，丰年虾们洗清了冤屈，看上去也不那么讨厌了，甚至感觉上变得更好吃了。

前一阵子还觉得它们有点多，但突然间好像就变得不够吃了。我环视周围的同伴，才惊觉这几天光顾着琢磨脑袋，没想到不知不觉间大家都长得这么大了。虽然数量比以前少了又少，但长到这个体型后，食量和以前那是不可同日而语了；也搭上这阵子丰年虾给得少了，无论数量和频率都有所下降，“不够吃”的感觉自然而然如影随形。

当然，说是“不够吃”，并不是吃不饱，只是场面上看上去没有以前那么富足了。遥想曾经的日子里，吃到肚子撑圆了，水里还犹如万点繁星般，到处晃动着红蹦的影子，蹦达乱跳；现如今勉强吃饱，水里已经不剩什么了。

好在我们没赶上计划经济的时代，这丰年虾也不是平均分配，照旧是一大把撒下来，一群小鱼游上去哄抢。这种情况自然是谁的身手利索，谁就吃到得多了——本人不才，单凭着身圆体胖的优势，每次都能把周围的鱼挤开，让自己吃个大饱。

有吃饱的，自然就有吃不饱的。在我们的鱼群里，有那么几位的身体好像格外孱弱。它们似乎总是比别人要慢，游泳也慢，吃食也慢，褪色也慢，长个儿也慢。这几个“慢”加在一起，弄得它们现在体形瘦小，最小的一条跟我们这些大个子比大约也就三分之一，体重更是不好说，差出个三五倍的都有可能。

这些同伴们本来就个子小，在竞争激烈的环境下每每被人推开，能吃上点东西就不错，有时候连剩饭都捡不着，更别提继续长身子了。一段时日下来，全都被饿得精神恍惚，愈加柔弱，恐怕连继续吃饭的力气都没有了。

终于，在某天的一个早晨，一个抄网下来，把它们如数“请走”。联想到之前那些同伴一去不归的命运，这几个孱弱的家伙恐怕也是阿弥陀佛了。唉，愿它们往生极乐，早日投胎做条好鱼吧。

……

阿财：哥，这些小鱼捞出来了都要扔掉么？

阿旺：扔？你开什么玩笑！跟你说啊，这些鱼咱们才应该好好养着。

阿财：为什么呀？看它们不怎么长个儿的。

阿旺：不长个儿就对了。这金鱼分强苗和弱苗，强苗长得快，弱苗长得慢，可是这好鱼呀，往往从弱苗里出。

阿财：真的呀？

阿旺：这也是老辈儿的经验了，道理呢众说纷纭。有一个说法儿我比较喜欢，就是说这金鱼呀，每一条都有自己的品种特征，比如虎头就是脑袋大，龙睛就是眼睛大，裙尾就是尾巴大，珍珠就是肚子大，每一种金鱼要想长得好，必须把能量用于“品种特征”的生长方面才行。可是那些强苗呢，它之所以长得快，就是因为它把能量都用在生长身体方面了，长得大，长得快，长得长，可是对于咱们来说这都没有意义。相反那些弱苗，之所以长得慢，是因为能量没有用在生长身体上，很有可能以后在品种特征的发育上有更好表现，这样才好。

阿财：哦……那就是说那些留下来的强苗都应该扔掉啦？

阿旺：也别呀！你这动不动就扔鱼也太败家了吧，都扔干净了还养个什么劲呀——我刚才说那些都只是经验和推断。究竟怎么着，还得等它们长大了再说，咱就拭目以待吧！

第三节 撑死几位

自从那几条“弱苗”被请走以后，大家似乎更有了一层担心，生怕自己也因为吃不着东西，变得瘦弱后被捞走。所以每逢喂食时，争抢得比以前更加积极。我的身体胖大，挤开身边的鱼，取得食物还算容易。但有几条经常游移在我身边的鱼，此时却显示出了小、快、灵的特征。

往往是我刚挤开别的鱼，它们便蹿到我的身前，张口抢食。有时我想把它们轰开，但它们仗着身体灵活，只是在我的周围活动。而且，你要知道，丰年虾这种浮游生物，的确是随波逐流的，我的动作稍微大一点，它们就被拍打到远处，到头来还是便宜了那几个小子。

于是乎，后来我也懒得管了，你们要抢就来抢吧，别太过分就行，我只要自己能吃饱，其他事情就爱咋地咋地吧。

……

阿旺要出个短差，临行前把该做的事情一一吩咐给阿财。阿财一边用心记住，一边心里想着：“不错，终于有个机会让我独挑大梁了！”

虎头：不妙呀。一般剧情中出现这样的桥段，可都是灾难降临的前兆呀，阿财你给我悠着点儿啊。

阿财：你放心吧，不会出事的。咱这又不是韩剧，没有那么俗套的安排；有我在，保证把你们都伺候得舒舒服服的！

虎头：那敢情好，我们就是觉得最近口粮有点不够吃，你能多喂点吗？

阿财：没问题。我也喜欢看你们吃东西。来，多下一抄网丰年虾，吃吃吃，吃吃吃……

丰年虾一下子变得多了，我冲进虾群里大快朵颐。因为现在是虾多鱼少，大家挤得也没那么凶了，基本可以悠哉悠哉、慢条斯理地取食。我晃着脑袋咀嚼嘴里的一大口丰年虾，正在享受，却见先前总在我身边“投机”的那几个家伙依旧着急忙慌，东啄一口，西咬一下，疯狂吞咽。

“我的天呐，”我心想，“不用吃得这么卖力吧，群众演员难道没有盒饭的吗？非得在这儿吃饱了才行呀？”

光顾着琢磨它们，我一个不留神让丰年虾呛着了嗓子眼，这一通猛咳，吐出了一大口东西才算顺过气来。抬头一看，那几个家伙还在孜孜不倦地吃，甚至把我吐出去的虾肉渣子也捡

了去。

“吃吧吃吧，早晚撑死你们。”我无奈地看了看它们，转身又去寻食了。

……

第二天的生活，依旧是“饱食的岁月”，有阿财老哥照顾着，水里永远是“丰衣足食”。我不紧不慢地吃着，看见那几个投机分子也在吃，只是不如昨天那么生猛了，精神也萎靡了不少。

第三天更差，它们已经变成了“有一口没一口”的吃相，也不再来回乱窜，只是随着水流漂动，有一条甚至沉在了水底。

第四天，它们已经不再进食了。所有鱼肛门后面都拖着一条长长的白线，最严重的一条腹部胀起，鳞片向外奓开，看上去简直是一个松果[①]。

当天，它们便被捞走了。我稍微有点不安，毕竟几天前说过撑死它们的气话，莫不是一语中的了吧？不过，谁让它们吃起东西来那么不要命，在食物无限量供应的情况下，还抱着急功近利的态度多吃多占，撑坏了你们也是活该吧？

由此我得出一个结论：做人要厚道。

小贴士

①金鱼在长到四五厘米大小时，对食物的消化吸收时间变长。这个时候便不能像以前那样“无限量”地供应食物，而是适当减少饲喂量，否则，金鱼会因过度饱食而导致消化不良，甚至消化道积病。

文中的金鱼肛门排白线，便是肠炎的症状，治疗要停食，以盐水浸泡（百分之一左右，一日两次，每次三十分钟），并辅以简单的消炎药物（如庆大霉素等），坚持数日，便可见好转。鳞片爹起则称为“立鳞病”，这种病比较严重，腹胀时极易致病，且发病迅猛，会很快导致死亡。

第四节　有什么区别呢 

阿财：哥，我看你的眼里又有“善哉善哉”的杀气了。

阿旺：啊，是吗？呵呵，那就是有吧。

阿财：不是吧，这鱼你还准备再捞一次呀？都长这么大了。

阿旺：大怎么了？就是大了才更能看出毛病呀。

阿财：可是，咱们已经挑过三遍了呀……

阿旺：三遍不算多。你问问老北京玩鱼的师傅们，有几个能三遍就把鱼择干净的？人家真正玩儿精的人，一千条鱼里留不出十条，咱们这已经很宽松啦。去，你去端个盆来。

……

数十分钟后。

阿财：哥，这些鱼都哪有毛病了？

阿旺：这毛病咱们主要挑的三个，你先看这条——看它背上。

阿财：呦，有个小尖儿。

阿旺：对了，这跟鱼苗的时候咱们挑那“扛枪带刺儿”的一样，也是背鳍的残疾，只不过小时候看不出来，现在才突出了。

阿财：那剩下这些呢？

阿旺：这些鱼呀？要我说算不上毛病，你先看这个，是不是觉得它身子特瘦又特长？

阿财：嗯……反正跟你留下的比，显得很苗条。

阿旺：对，这按老话儿说就叫“柳”了，意思是像柳条一样又细又长。你再看这几条，尾巴大了。

阿财：尾巴大了也不行啊？我觉得挺好看呀。还有这“柳”身的，瘦长身子配一圆脑袋，我倒觉得挺漂亮呢。

阿旺：嗨，金鱼这东西，各有各的看法。可是老辈儿的讲究就是短、圆、胖、憨，这身子“柳”了尾巴大了的，都不规矩。

阿财：就因为不“规矩”，所以不好看呀？

阿旺：这个……只能说是尊重原著吧[①]。

阿财：那这些捞出来的也要扔掉吗？

阿旺：不，这个样子的已经算是商品鱼了，拿到店里去卖吧。

小贴士

①关于金鱼鉴赏的标准，我们后面会谈到，但这的

确是一个让人头疼的问题。亲爱的读者，您可以先自己琢磨琢磨，咱们后面细说。

第五节　奇怪的绿色食物

同伴虽然又少了一点，但日子还得照过。说实在的，之前有的鱼“阵亡”了还没觉得什么，可是一起走到今天了才去的，就未免让人有些挂念了。海选实在残酷。

当然，我可不是说现在剩下的这些同伴不够好，只是随着时间的推移，大家越来越长得千篇一律，就难免有些审美疲劳了。要搁以前，还能有几个长得略微不一样的。大家没事的时候——当然，在这里“没事”就是特指不吃饭的时候——游在一起，还能玩儿个找不同什么的。

有时选出一个长相最为奇异，大家全部叹服的，便拜为“领游”，统领全鱼。现在可好，大当家的、二当家的和三当家的先后被抄走，只剩下我们这些长得差不多的，每天看对方的一举一动就好像是在照镜子，时间一长，大家都懒得再进行什么交流了。不过，好在我们金鱼都是头脑简单的动物，这种需要思考而后得到的不快，基本是占据不了什么市场的，即使以后又偶尔冒出来一下，也会因为无人关注而最终不了了之。

对于金鱼们来说，吃饭才应该是头脑里天下第一重要的事情。鱼少了，自然竞争也少了。尤其是那几个以前每次吃饭都抢到我前面去的讨厌家伙，看着它们一个个被撑死，哼哼——我懒得再说。反正少了它们，以后更可以随心所欲地觅食。试想，如果连吃东西时都能保持悠哉悠哉的状态，这将是多么美好的世界呀。我想，我已经可以预见到未来的日子里等待着我的只有三件事：吃饭、睡觉和运动。而运动甚至也只是为了使吃饭和睡觉变得更有意义——然后慢慢地长胖。

“被残存”下来的散兵游勇们，很快适应了这种糜烂的生活。我现在甚至确定自己长的是肉而不是骨架了。有人说再好吃的东西吃多了也会腻，红烧肉如此，丰年虾也一样。我们现在虽说还未到“吃腻”的地步，但若真能有点变化的话，我想我们一定是乐于接受的。比如那天，就吃到了奇怪的东西。

当时恰逢觅食时，太阳已经把水照亮了。我们和往常一样等着丰年虾的下落，可是仅下来了一点儿，我还没吃饱就没动静了。不是吧？这种时刻不应该断粮呀，喂鱼的也不该是这种不敬业的主儿呀，就算是打麻将三缺一，也不在乎先让我们吃饱了再去吧？

我这正瞎琢磨呢，忽然一团绿色的泥浆[①]滚了下来。虽然看不清是什么东西，但有几位性急的已经游了过去，而且好像还吃了几口。我也过去尝了一下，涩涩的，还有种很强烈的辛辣味道——这“辛辣”要说好吃断然是不敢恭维，但的确提神醒脑，并且这辛辣之外又带来了一种感觉，一种十分清澈，完全能把人从萎靡乏力的状态中揪出来的感觉。这感觉新奇又令人愉悦，是以前的任何口粮中都不曾有过的。我赶忙张嘴再吃几口，可是这东西原本很少，没怎么分就没了。

打那以后，我就一直盼着能再吃几次，多吃几次，可是这绿色的泥浆好像不是什么回头客，很久以后，我们才又见着一回。美好的东西都是这么稀有吗？实话说，这泥浆并不是很好吃，和一般的食物比起来，口感有点硬，得仔细咀嚼才能吃出味道来。不过就是那来之不易的味道，很是让人着迷——它到底是什么呢？

小贴士

①那个东西就是蔬菜浆，菠菜、油菜、莴笋叶子都可以。

成年鱼是可以直接吃的，但幼鱼的消化系统没那么强大，要先把菜叶榨成泥再喂。适当饲喂植物性饲料可以帮助金鱼清理肠道，同时补充一些维生素。那个“辛辣的味道”，则是蒜汁。蒜汁中的大蒜素有极好的杀菌作用，不仅能提高金鱼的免疫力，也能保护水质。另外，注意的是喂食的蔬菜一定要洗净洗净再洗净，否则残留的农药一定要了鱼儿的小命了。

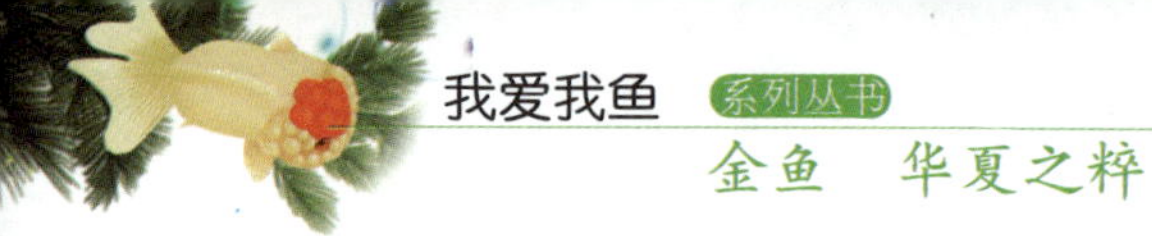

第六节 不明显的转凉

在对绿色泥浆的若隐若现的期待中，不知不觉间天气已经转凉了[①]。对于我们鱼类这种冷血动物来说，温度永远是一个敏感的话题。

早先，还在吃红蹦的时候，早晨水温微凉，及至中午便温暖舒适，光线倾斜之时会稍微热一些，再到晚上又清爽了。现在的状况有变，或者说当我回过神儿来观察天气变化的时候，它已经明显转凉了，最有力的证据就是直至中午的时候，水温依旧不见回升，到午后时分，刚刚有一丝变暖的迹象，旋即迅速下落……

导演：这好像我们的股市啊……

红顶虎头都知道天凉了，阿旺自然不必说。整整数天，他带着阿财收拾屋里的三个大水泥池，注上清水晾着。

“等着吧，过两天天凉了，就把外面的鱼搬进来。”

……

水位逐渐降低，并且在我记忆中的高度上并没有停止。好像这根皮管子这次真的要把这里的水全部喝光了。伙伴们聚集

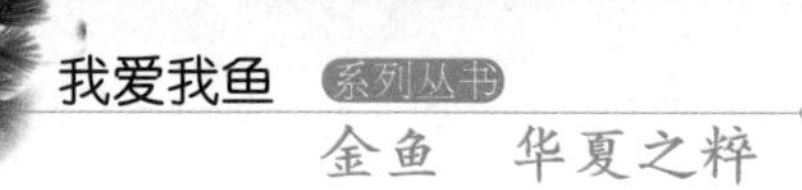

在一个角落里，焦虑地互相挤推，直至肚皮都和底面接触了，已经没有再向上浮游的空间，那个曾经带走我们无数同伴的抄网伸下来，第一下就捞中了我。

进入网子的一刹那，我心里“咯噔”一下，紧张地摆动起尾巴，但旋即网面一翻，我掉进一个水盆里。空间极小，大家挤着都觉得有些伸展不开，再加上它忽然开始晃晃悠悠地颠簸了好一阵子，弄得大伙十分紧张。终于，在它被平稳地放下之后，抄网再度光临，把我们一个一个请进了新家。

新家这地方气派。往大了说，简直目不及彼岸，往深了说，简直深不见水底。按说就这么大一池子，已经够我发一会儿呆的了。可这里还有更热闹的，一大群新朋友在我们一入水时便聚了过来。我扫了一眼，没一个是我认识的——介绍是必须的，请大家看它们的靓照吧！

红高头：这一位和我长得最像，银身红头的。奇怪的是，它长有背鳍，尾巴也很宽大。不对呀，以前我们这里有长背鳍和大尾巴的，都直接“被消失”了呀，它们是怎么躲过追杀，一直活到今天的？

红虎头：这一位的体形和我最像，没背鳍，短尾巴，不同的是它一身赤鳞金甲，金光灿灿的，看得我好生羡慕。

兰寿：这个……不好形容啊，比我短，比我圆，比我粗，比我胖……不过它们的颜色五花八门，摇头晃脑，看上去也的确很有意思。

菊花狮子头：又是长背鳍、大尾巴的朋友，红黑相间的颜色，让我想起了自己刚褪色的时候。它头上的肉很多，不知道以后会变成什么样子。

三个大水泥池子，要是鱼场肯定不够用，但对于自娱自乐的店老板来说，绰绰有余了。十几个槽子的鱼全部放进去，阿旺和阿财站在边上，悠闲地看着水里的风景。

"入室过冬，这就齐活了。"

小贴士

①对于北方地区在园子里养金鱼的朋友来说，入冬前一定要把金鱼安置回室内，否则鱼会被冻死。搬家的时间一般在十月中旬，霜降前后。

切记，室外如留有鱼盆的话，一定要把水倒掉，否则冬季结冰，会把鱼盆涨裂。

第七节 特殊待遇

阿财：哥，这天一冷了，好像丰年虾都不怎么孵化了呢。

阿旺：我看看……嗯，是少了，没办法呀，季节过了呗。

阿财：那这冬天怎么办呀……哎，什么东西这么香？

阿旺：尝一块，我刚煮的鸭肝。

阿财：啊，怎么煮这么多？咱不过啦，这得吃多少天呀？

阿旺：美的你，这可不是给你吃的——嘿，尝一块就得了，还吃！

阿财：嗯？咱们不吃，那给谁吃呀？

阿旺：当然是给咱们的宝贝金鱼吃喽。这一到冬天，鱼虫等饵料都没了，就得咱们自己做饲料啦。

阿财：这样啊……就用这鸭肝做呀？

阿旺：鸭肝只是辅料，你拿一擀面杖来，把这些肝都擀成泥——擀仔细了啊。我去拿点玉米面。

阿财：嗯。

数分钟后。

阿财：下面由我哥为大家简单介绍金鱼饲料的制备方法。

阿旺：大家好，这个东西做起来其实十分简单，配料有玉米面、鸭肝（擀成泥）、虾粉和小麦蛋白粉。

首先，我们做一份料，比例是玉米面占八成，鸭肝和虾粉一共占两成。加些水，把料和均匀，然后要使它黏在一起，就要加入小麦蛋白粉。记住，要使劲揉，揉得越有力，食团黏合得越紧。

阿财：我插一句啊。那个小麦蛋白粉是什么东西呀？

阿旺：这是钓鱼时候常用的添加剂，作用就是黏合钓饵。其实大家去商店里也可以买到，就是我们平常说的面筋粉。

阿财：这又是鸭肝，又是面筋的，这份饲料里的蛋白质含量可真高呀。

阿旺：就是应该高。因为鱼类的消化系统主要就是吸收蛋白质的，对碳水化合物的吸收率非常低。我们这饲料里的玉米面，更多的是起到载体的作用，有了它，才能让鱼吃饱。

我们接着说，揉好的食团做成小窝头或者小丸子，上锅蒸熟晾凉就可以了。喂鱼的时候扔一个在水里，让鱼自由啄食，因为有小麦蛋白粉裹着，所以不会散，也不容易脏水。

阿财：这东西看上去好像观赏鱼店里卖的牛心汉堡呀。

阿旺：还是不太一样的。牛心汉堡里多为牛心肉和鸡肉，这些肉金鱼是消化不了的，这个问题大家一定要注意——事实上金鱼的消化能力很差，有些鱼友在制作饲料的时候会加入牛肉、血粉和冻红虫，而这些东西金鱼都消化不了，过过肠子就出去了。所以，还是加入鸭肝和虾粉更合适，如果没有鸭肝，用煮熟的鸡蛋黄代替一样可以。

还有一点要说的是，这款饲料缺乏纤维素和维生素，长期喂鱼的话，一定要定时辅以蔬菜补充。最后要注意，鸭肝、鸡蛋黄和小麦蛋白粉，这些东西都不易长期保存，所以饲料一次不要做太多，三天左右吃完即可，再吃再做。

阿财：以上便是自制金鱼饲料的全部课程，谢谢我哥阿旺的精彩讲解。不过有一点一定要提醒大家，如果您只是养几条金鱼观赏，而不是成批量蓄养，那么完全不必这么麻烦，去鱼店买现成的金鱼饲料就可以了，实在想试试 DIY 的乐趣，就少做点，权当个玩闹吧！

第三章 快乐的成长

第一节 出 盆

这个冬天过得非常慵懒，因为温度低，所以每天不是吃饭就是睡觉。虽然完全可以视作糜烂，但正在看书的你摸着良心说，是不是很羡慕这样的日子？

这个冬天吃到了不同寻常的食物！每天都是几个异常巨大、浓香四溢的淡黄色丸子。这东西一口吃不下去，得很多同伴围着它一起啄食，你一口，我一口，口感极佳，劲道十足。

就这样连过了数十天，同伴们似乎都长大、长胖了。不知这是我的错觉，还是确实的事实。直到有一天，抄网再度光临，我们依旧被那个盆端着，回到了久违了的水槽子①。

初一入槽子，我感觉到这还是冬池中的老水——皮管子那斯，一定是趁我们不注意时，把水抽过来的，没办法，池子太大了，不容易看见它。不过从水的高度看，也就一半②，旋即

清冽的新水倾盆而下，掠过肌肤时，周身为之一振。伙伴们都似惊醒一般，闹腾开了。

在冬池里憋了一季，虽然吃饭、睡觉无恙，但最纠结的是总也见不到阳光。如今终于又曝晒在这久违的光芒之下，欣喜之余，不仅诗性大发：

冰河解冻，绿草抽芽，蚂蚁恋爱，狗熊奔跑；啊，春天！美丽的春天——到了！

小贴士

①将冬天移入室内过冬的金鱼搬出室外，称为出盆。一般在三月中旬，或是气温达到10℃以上的时候。

②出盆的金鱼，要在容器中放二分之一至三分之二的冬池老水，意在保温和保持水质，让刚刚越冬的金鱼有一个适应的时间。

第二节　小白点

刚刚回归水槽子的我们，撒了一阵欢，却始终觉得少了些什么。不过大概是因为冬天水冷的缘故，把我的脑袋冻迟钝了，憋了半天也没想出什么。

直到有一个同伴忽然来了一句："我饿了。"我们才晃然发觉这水太干净了，竟然没有一丁点红蹦，也没有丰年虾的身影[①]。不过就算如此，我也并不失望。因为其实我一点儿也不饿。我只是在水里来回游，尽量舒活自己僵硬了一冬天的身子骨，在已经到来的春天里，张扬着这个季节的活力。同伴们也大都如此，互相追逐嬉戏，只留下那唯一感觉到饥饿的人单独在那里郁闷。

第二天，肚子开始复苏了，我们确实感觉到了饥饿，而新一拨儿的鱼虫也应时而至，饱了我们的口福。这初春季节的红蹦皮有些厚，嚼起来很有弹性，汁水里似乎还透着些浸润了一个冬季的寒意，颇有点回味。我们追逐捕食，但未尽兴吃到鱼虫便告罄，意犹未尽，让人心里不甚踏实[②]。第二天依旧是如此，吃了个半饱的我们，甚至甩着尾巴拍出水花，以示抗议了。

艾柯A4

还好三天过后，一切正常，红蹦的供应量总算跟上来了。这期间出了一个小插曲，一个伙伴的头上不知何时长出一些白色的小点儿，嵌在日渐红润的头瘤当中，十分醒目。

我看得心痒，便探嘴去啄。岂料那白点还异常顽固，我费了半天劲，也没啄下来，倒是我那同伴不堪戏弄，最后结结实实回应了我一尾巴。此后连续几天，我逮空便去啄食那小白点，但始终未能得逞。一天，竟有同伴忽然跑来啄我的额头，问询，答曰：“汝额顶亦白点丰矣。”

白点丰矣？这可麻烦了，顶着这么一堆东西，时间长了可不是个事儿呀。我开始刻意在槽子的边缘磨蹭头部，指望把它们弄下去。日复一日，直到有一天，抄网从天而降，把我捞了上去。

……

阿财：哥，这我知道，这叫白点病。

阿旺：嗯，这病不厉害，没事，药水泡泡就好。

阿财：这是什么药啊，我看看——艾柯 A4 非常灭白点剂——怎么又是“仟湖”的东西呀？

阿旺：你还记得咱那包大盐吗？从他那一块儿拿的。

阿财：嘿，他还真大方，什么都给。

阿旺：什么呀，这是他用剩的半瓶，我直接捎过来的。不过还真管用。

阿财：那就行呗！

阿旺：嗯，这春天的鱼病就是比较频繁，你看那盆里，那狮子头。

阿财：啃，怎么身上长白毛了？

阿旺：这叫“水霉病”，得多晒太阳外加高锰酸钾泡着。

阿财：这病也传染吧？

阿旺：都传染，水里得做预防。你一会儿给这红顶虎头的槽子里撒一把大盐，给狮子头那个槽子撒一把小苏打去③。

阿财：得嘞，这就去。

小贴士

①刚出盆的金鱼，其消化系统还没有完全复苏，应给予一段时间适应新环境，不宜喂食。

②刚出盆的金鱼不能喂得过饱，否则易消化不良，饲喂量应逐步递增。

③盐水预防白点病，比例为百分之一；小苏打预防水霉病，比例为1.8毫克/升水。

第三节　两个脑袋的交谈

春季的天空下，虽说依旧是“乍暖还寒时候”，但这些冰冷的空气却挡不住人们踏足户外的蠢动。“春”乃是生气勃发的季节，春天的气息自然而然会吸引任何一种活生生的动物来吸呐吞吐。这是生命永不停歇的本能，也是生命追求活力的美好。

现在就有这么两个人，在自家露天的大院子里，呼吸着春意盎然的空气，欣赏着木海与水槽子里的金鱼。他们就是阿旺和阿财。

其实不光金鱼，人类在憋闷了一个冬季之后，也需要舒活筋骨，把体内的一股浊气倒换出去。阿财站在院子中央，伸了一个大大的懒腰，然后摆出小学生的架势，做了一阵广播体操，看得阿旺直乐。

兄弟俩站在蓄养去年秋苗的水槽子边，欣赏金鱼。微风之下，清波之间，锦鳞游泳，群鱼嬉戏，这是何等惬意的时光。两人一个槽子接一个槽子地看着，阿财注意到哥哥的眼神又有些变化，禁不住又要“善哉善哉”了。

阿财：哥，你又要捞鱼了？

阿旺：嗯，怎么了？

阿财：我看你眼神有变呀……

阿旺：啊？哈哈，不会的，你看我连抄网都没拿，只是又看见几条不太规矩的鱼。

阿财：还有啊？我的天呐，要像你这么看，咱这十几槽子鱼得全军覆没呀。

阿旺：不会的，这次的毛病我也就说说，不拿它当真毛病了。

阿财：哦？那你给我说说？

阿旺：你看咱们这红顶虎头，本来应该是银身红顶，可是你看这条——肚子底下，还有尾巴根上，是不是还有点红斑？

阿财：嗯，的确，是褪色没褪色好吧？

阿旺：有褪色的原因，但也可能是种质不纯。你看这窝小鱼的父母，尾巴都特小，可是咱们这小鱼呢，虽然遴选过几次了，但剩下的尾鳍还是偏大，那就很有可能是种质有问题了。

阿财：这样啊，难怪……那还有别的问题么？

阿旺：有一个跟种鱼遗传关系最大的，你看这条鱼，看它尾鳍的中央，是不是多出一根刺来？

阿财：……唉，还真是，这是怎么回事呀？

阿旺：这个叫刺尾，是金鱼的一种返祖现象。一般鱼苗里都会出现刺尾，但如果数量太多，就说明种鱼的种质不好了。

阿财：那咱们这才一条，算是“万中有一”呢。

阿旺：什么呀，之前多了去了，只是我在遴选的时候早就捞出去了。当时我是看它身子壮，体形也不错，就没舍得扔。

阿财：哦……不过那么小的时候就可以看出刺尾来？

阿旺：可以，二十多天的时候就可以了。下次再让你看，你就挑那个尾鳍中间有一道黑线的，就是刺尾。

阿财：嗯，下次我去挑。哎，不过，哥，这些鱼你不用淘汰掉了？

阿旺：不用，咱这又不是比赛。养着玩儿的活，这些算不上缺点。不过有这些毛病，说明咱们的种鱼不行，我得看看，有合适的换一对儿种鱼。

第四节 大胖脸

终于回到水槽子里。前几天跟另一位同伴一起，被泡到一个窄小的水盆中，那里面的水可真是让人受不了。虽说呼吸没什么问题，但那个味道实在太过分了。我绞尽脑汁也无法想象，这么难喝的水是怎么被创造出来的。

更加过分的是，这药水喝一次也就罢了，居然连续三天我都被捞过去泡。还好时间不长，每次大约半个小时就能把我送回来，要不我真得郁闷死在那里面。我那位同伴已经受不了了，声称如果再敢捞它过去，它就罢演。我虽然没敢表现得那么激烈，但如果再有一次的话，估计我也会忍不住去找导演理论。

大概是同伴强烈的表现吓到了导演吧，昨天，也就是第四天，我们安然无恙地度过。今天，已经过了大半天了，那个讨厌的抄网依旧不见踪影。看来这事落听了。我们结束了药水的折腾，终于可以继续安稳地生活了。

高兴之余，我长出一口气，肚子忽然咕咕叫起来。是呀，这两天过得太紧张，都没什么胃口，几顿都没有正经八百地吃饭了。想到这里，我嘴巴不由自主地张开，看到身旁蹦蹦跳的

鱼虫，一口咬了过去。

边吃边找，不经意间，我看到了同甘共苦的那位吃得正欢，好像嘴巴都塞满了——看样子是比我早开动了呀。我游过去跟它打了个招呼，高兴地发现它头上的小白点已经不见了！

“嗯，你头上的也是，一个都没有了。”

是吗，原来如此！我暗自思忖，大概那个难喝的药水就是为了治疗我们头上的白点吧？想到这里，虽然那药水依然十分难喝，但似乎不再那么讨厌了。

我拍了拍那位同伴。

“你吃得够欢的呀，嘴巴都塞满了。”

“哪有，刚开始吃呀，嘴里还什么都没有呢。”

“别装了你，嘴里没东西，脸怎么撑得那么鼓？张开我看看！”

“啊——”我跟它开玩笑呢，没想到它还真张大了嘴，“你看看，有什么？”

奇怪，还真是空空如也！那这脸是…？

我游到一旁，摸摸它的脸，竟然是实实在在的一块肉！

“我的天！”我惊呼一声，“你的脸怎么肿起来了？肿得这么大！”

“什么肿了呀，你什么眼神儿呀？”同伴用看白痴的眼神看着我，“这是肉瘤呀，是长胖的肉瘤呀[①]。”它指了指我的脸，“你脸上可比我还胖呢。”

我心里一动，忙回头看看其他鱼。果然，大家的脸都变胖了，我放下心来，看样子这又是一次集体性的成长，没什么好大惊小怪的了。

我忽然想起冬天在大池子里见过的狮子头，它们脸上的肉瘤，那个规模曾经让我叹为观止。而现在，看着同伴们一个比一个厚的大胖脸，我高兴地想，照这个样子长下去，我们的肉瘤终有一日可以和那些狮子头们一较高下！

小贴士

①随着年龄的增长，小红顶虎头们头上的肉瘤会越来越发达。不光头顶，两鳃和嘴角，甚至下巴，都会长出丰满的肉瘤。

第五节 什么叫品相

我们的红顶虎头马上就要长大了，那么它是否能出落成一条漂漂亮亮、受人喜爱的金鱼呢？在这里，我们必须要提到一个关乎小虎头未来命运的词，这个词就是“品相”。

“品相”这两个字，在笔者看来，实在是充分体现了中国传统文人闷骚特点的一个单词。这金鱼毕竟是老百姓盆中的玩趣之物，我们还是用大白话来拆解得好。

用大白话解释“品相”，笔者个人认为无非两个意思：“血统”和“卖相”。前一个词代表了一条金鱼应有的体貌特征；

后一个词则表示了这条金鱼在规定特征之内形象的好坏。

我们先说红顶虎头的血统，追溯其源，红顶虎头的祖师爷是咱们金鱼界一位泰山北斗级的老前辈——许祺源先生。许老在文革前就开始了对这种鱼的培养，历经数年的遴选、提纯，终有育成。而今，大江南北凡是玩儿红顶虎头的鱼友们，饮水思源，每念及许老的名字，都该深深鞠上一大躬才是。

那么，许老培育出来的“红顶虎头”，其血统应有的特征当是什么样子呢？按照许老自己的说法，他是对一种银身红顶但头顶平滑无瘤叫做“蛋红头”的金鱼有所不满，而用纯白色的猫狮与其杂交，累代保留肉瘤突出的个体，最终育成了今天

的红顶虎头。

那么依此而言，红顶虎头的特征应该是蛋种、银身、红顶，头部肉瘤饱满。但红顶虎头虽然以猫狮为祖，最终却以“虎头”定名，可见它还是承袭了头顶平滑的“蛋红头”金鱼的基因，使得肉瘤的表现没有猫狮那么夸张。

有意思的是，许老最初对此鱼的定名不是“红顶虎头”，而是“鹅头红”。为此，许老还对大白鹅的头部进行了实地测量，证明“鹅的两颊比头顶宽”。许老认真的态度，值得所有晚辈敬仰。不过因为有北方的“宫庭鹅头红”在先了，所以许老的金鱼最终还是拍板在“红顶虎头”。

若按照许老的“测量结果”，则红顶虎头的鳃部肉瘤最宽，向上和向前均逐渐变窄——这个特征的确附合许老培育的“红顶虎头”，但若以后就要以这个特征来匡定红顶虎头这种金鱼，则实在有过于呆板的匠气，未免贻笑大方了。

中国人的审美，大都注重于写意（当然，宋徽宗的工笔，也绝对旷古绝今，鞠躬，鞠躬）；金鱼作为中国传统文化的产物，其欣赏的意义也应在其灵动变化的气韵。否则，一旦成为精准的化学公式，观看个两三次，恐怕也就味同嚼蜡了。

红顶虎头的创造，本身就是两种不同金鱼的杂交，如果想在视觉上有所改观，继续杂交是最简单的办法。想让它的顶瘤变高，可以杂入寿星虎头的血统——其实就是真正的虎头，只不过为了和“红顶虎头”相区分，特意加上南方俗称的“寿星”称谓——想让它的鳃瘤和下鬓（就是眼睛下方的肉瘤）变化，可以继续杂入猫狮的血统。

笔者就已经见过被杂交成“倒八字”头形的红顶虎头——“倒八字头”为近年来猫狮出现的一个新类型，其特点为嘴角和下鬓的肉瘤极阔，宽度超过鳃部，俯视犹如一个倒写的“八”字，故称“倒八字头”——这样的金鱼，身形已完全具备了猫狮的特征，你是叫它“红顶猫狮”，还是继续叫它“红顶虎头”？

依笔者的拙见，您爱叫什么就叫什么。不管是“狮”，是“虎”，还是“猫”，只要您叫着顺口就行。因为在这种时候，名字是无法和血统相关联的。

这样一条因偶尔杂交而产生的鱼，若想定型成一个品种，形成它自己的血统，那起码还需要三代以上的繁衍。由此我们可以看出，若以繁殖和育种为目的，那血液成分错杂的鱼只是肯定不行的，纯粹的血统在这里占了百分之百的重要性；而若单就一条鱼本身的观赏价值而言，则血统的重要性至多占三成，更多的还要依靠“品相”中的另一个要素：卖相。

说到卖相，则必须要首先明确一个问题，那便是金鱼的根

本社会属性：它是一种观赏宠物。既然是宠物，则它天然具有私人化的性质。也就是说，我养的鱼，我说它漂亮，它就是漂亮，别人没有权力反驳。而若论到价格的贵贱，则要看在卖鱼人的眼里，何种样貌是好，何种样貌算差了。

当然，金鱼既然是作为继承了中国传统文化审美的物件，有一些标准底线，还是要符合公众心理的。拿我们的红顶虎头来说，比如鳞片，你是细鳞、密鳞也好，还是大鳞、糙鳞也罢，银光闪烁、错落有序的鳞片，总要好过黯淡无光、参差不齐的。

再说头瘤，你是松散粗豪也好，还是紧凑细腻也罢，只要左右对称，红印正中，别缺少一半，像狗啃了似的即可。鱼尾也一样，小尾鱼求一个短小玲珑，憨直可爱；大尾鱼看一个潇洒飘逸，雍容典雅。只要不是刺尾、歪尾、夹尾和残尾，总有人能看出它的美来。

无论如何，金鱼的价值正是由于它的变异而来。对于金鱼而言的“中正之道”，也许正是它的“旁门左道”。对于“异”的认同，恐怕也应是所有养鱼人的胸怀与根基。从这个角度上来说，养金鱼的人，应该是全天下最有包容心的人。

第四章 搬 家

第一节 金鱼的家

这一节讲一讲传统金鱼饲养的器具。

传统金鱼最经典的养法为盆养。盆养，即精养，比之于农作物即为“精耕细作”。在盆养的器具里，最有名的当属“木海”和“虎头盆”几类。不过，由于这几位的出场费实在太高，我们的剧组为节约开支，之前一直是用廉价的水槽子作为替身。但是您放心，虽然材质和形状略有不同，这养鱼的方法却没有什么区别，一脉承袭了盆养的套路。

关于盆养金鱼的方法，离我们最近的资料，当是对我国一位国宝级的大玩家刘景春老先生的采访记录——打今儿起都得记住这个名字啊，谁敢忘了立马给我拉出去毙了——笔者在这里借用一二，算是对他老人家一份虔诚的致敬。

按刘老的说法，如果是大盆养鱼，水深一般十六至二十厘

米，冬天则要二十五厘米以上。养鱼最重要的是养水，养水则最需要充足的氧气。大盆放在室外，连接氧气泵是不太现实的，所以要勤换水。鱼在晚间最易缺氧，所以换水在每天睡觉前；也不能多换，换原水的五分之一就行。换水是基本功，每日必修，否则鱼体必伤，轻者缺氧浮头，重者一夜暴毙。

给鱼换的水，绝对不能是直接取的自来水，一定要在阳光下曝晒二十四小时以上。这样做有两个用意：其一是要让水中的氯气排出；其二是要让新水的温度变得和盆中一样。

新水和老水的区分，刘老也做了讲解。换入盆中的清水，头两天最新，鱼儿也最为活跃；第三天至第九、第十天左右，

则是鱼儿最舒适的时段。十天一过，则水质变老。此时，鱼的表现慵懒，精神萎靡，则需整盆换水。以上说的还是大盆，十天一轮回。若您家里的鱼盆是只能接四五升水的小盆，笔者则建议您最好天天换水。

鱼盆中因为接受光照，会长出青苔。整盆换水时，要注意适当擦去。所谓“适当”，就是不要全部擦去。除去外层的厚苔，留下里面鲜绿色的一层，可以进行光合作用，为鱼儿提供氧气。

最后一定注意养鱼的密度。若是每天按时换水，则十升水可养一条二龄鱼（约十五厘米长），其余以此类推。不过鱼不在多，在于精，这个观念大家一定要有个正确的认识。养太密了，就成卖鱼的了。鱼在水中要获得充足的氧气，才能吃好、睡好、长得好，所以请大家记住这四个字：宁少毋多。

第二节　流动的水

今天是个大日子，因为有很多的小鱼要出远门了，一大早，阿旺带着阿财，沿着水槽子走了一圈，考虑一阵子，然后说："先把这红顶虎头搬走吧。"

……

对于抄网我还是熟悉的，看着大家一个接一个被捞走，我知道早晚得轮到我。尽管如此，在被擒住的时候，我还是象征性地挣扎了几下。不过，之后去的那个地方我就不认识了。

那是一个透明的世界，刺眼的阳光从四面八方射进来。我有些紧张，使劲往前游去，却一头撞在一个什么东西上。我又使劲顶了两下，才发现那竟是一堵透明的墙。外面的事物因为这堵墙而变得扭曲。

不知是不是因为透明的缘故，这堵墙应有的坚硬也消失了，顶在上面，它会发生形变，鼻子也不会疼。但墙终归是墙，我费劲了大力气也没能突破它。就在我停在水中央，呼嗤呼嗤地一边喘气一边继续想着怎么对付它的时候，蓦地眼前一黑，整个世界的光明都消失了。

等到眼睛再次被光线抚摸的时候，由于一时难以适应，弄得我炫晕了好久。终于能看清外面的世界了，大概也过了很长时间吧。

我们依然被围在那个透明的软墙之中，只是大家都变得老实了，没有人再去冲撞它。不知过了多久，水里开始剧烈地晃动，我们成群结队地挤在一起，随着翻江倒海的水流冲了出去。一进到新环境，我就感觉不对。这里的水不像以前那样静止不动，而是像活了一样不停地奔流，我们身体仿佛不听使唤，一下子随着水流漂了出去。

这种情况在我很小的时候依稀记得发生过，于是我连忙调整身体，逆着水流向前冲去。我冲得太猛了，不经意间，一头撞在一个硬物上，感觉鼻子都撞坏了。我稳住身体，定睛细看，又是一堵透明的墙！这个世界是怎么了，怎么今天到处都变得透明了！

不过，虽说同样透明，这堵墙却是不折不扣的十分坚硬。我不敢再贸然猛冲，而是小心翼翼地围着它游泳。讨厌的水流还在纠缠着我，我努力调整各个鱼鳍，以保证自己的平衡。

这样子折腾一会儿，我已经累了，但我还是尽量不让自己被水流控制。有时候实在烦了，猛冲一下，鼻子还是被撞，但心理上起码痛快一些。就这样磕磕绊绊地游了几圈，我渐渐有了点心得，能顺着水流调节自己的泳速了。一旦适应了，浑身的肌肉便松弛下来，情绪也缓和了很多①。

我看看周围的同伴们，有些跟我一样已经游得收放自如了，有些还在跟麻烦的水流较劲。

我想仔细看一看这个新家，于是招呼已经搞定水流的同伴们与我同行。就在此时，灯光大亮，我们被一片粉红色的光明笼罩了全身。

小贴士

①这一节讲的是鱼缸与过滤器。需要指出的两点是：

第一，金鱼的游泳能力相对较弱，不要用功率太大的过滤器制造水流，否则会让他们耗费过多的体力。

第二，长时间的水流，会使金鱼的体形趋向朝野生鲫鱼的细长形发展，影响观赏效果，所以，如果饲养密度不是很高，用不着全天开过滤，每天定时几次就可以了。

第三节 紫色的水

突然降临的光芒先是晃得我们一愣，随即发现自己处在一个绚丽的世界之中。

不光是我们，透过透明的玻璃鱼缸，我看见外面还有十几个一模一样的缸，有些和这个一样已放进了金鱼，有些依然是空的。但不论虚实，所有这些鱼缸全部光芒闪耀。上部的灯光打到水中，把这原本无色的液体照耀得十分美丽。

同伴们像是在欣赏夜景一样兴奋地看着外面的世界，不停地指指点点，唧唧喳喳，完全忘记了目前的处境。不过应该关系不大，反正我看见阿旺和阿财两兄弟站在房子中央，满意地看着被光芒照亮的鱼缸和里面的金鱼们。之前他们在水槽子上面看着我们时，摆出的也是这种表情。这个表情，让人放心。

隔壁的缸里第二天也来了鱼，这真是一群让人无法想象的家伙。它们的身体跟我是相似的，平滑的身段，没有背鳍。色彩上我们不相伯仲，我是银身红顶，它们是红白双色交错的大块花纹。唯一让我叹服得难以置信的是它们的眼睛。那是怎样的一对眼睛啊，巨大半透明的水袋，直直地吊在眼眶，像是剥

艾柯A4

掉了外壳的生鸡蛋，而那大小也差不多抵得上一个鸡蛋了。游泳的时候，两个水袋跟着前后晃悠，静止的时候则稍稍下垂，实在让人很好奇地想知道那里面究竟灌的什么液体。

它们的眼珠子我一开始没看见，后来才发现原来藏在两个水泡子里，并且朝天上翻。这样的眼睛究竟能看见什么，我就不多说了。

“它们这样子还真是累呀……”一个细细的声音忽然说到，“游都游不起来呢。”

我扭头看去，原来是个姑娘，不知道什么时候游到身边。

“是呀，”我接过话茬儿，“这要拿一针头往上一扎，啪啪——它们就轻松了。”

“呵呵。”

“哈哈……”

这缸水泡眼，不仅长得奇怪，状态也不太正常。来这儿的第三天，就陆续趴到水底不太动弹了。尽管鱼缸中的水流不曾减弱，但“任尔风吹浪打，我自岿然不动。”这可就不太正常了。它们究竟怎么了？难道——

……

阿财：哥，这水泡眼都趴缸了，你要不要过来看一下？

阿旺：没事，我就不过去了，家里事多，腾不开。你呀，把这些水泡眼都捞到咱们那白色大整理箱里——就前天放进去的那个，看见了吧？对，接新水啊，千万别用鱼缸里的水了。然后，你找我上次用的那个“艾柯 A4”……对，就是仟湖的那个渔药，你按照上面的剂量加药就行了。

阿财：那这鱼缸呢？

阿旺：鱼缸也换上新水，然后加高锰酸钾泡着——别加太多啊，变成酒红色就可以了[①]。

……

我猜得不错，那群水泡眼的确是病了。当我看到它们一条一条被阿财捞进整理箱的时候，我发誓，我是真诚地在为它们祈祷。而当我看到阿财把标有“艾柯 A4”的难喝药水倒进整理箱的时候，我这悲悯的心情一下子又增加了十倍。

说实在的，就算这艾柯 A4 能治好病，可光凭那股子十分难闻的味道，它也应该被归于毒药之列。所以，我承认，除了同情之外，我还隐藏着更加巨大的情感，那就是庆幸！幸亏我们没生病！

与那药水遥相呼应的，是在隔壁的鱼缸里，也撒进了不知什么来路的东西。水一下子变成了美丽的淡紫色，这颜色离我们那么近，以至于光是看着它，似乎就让我醉了。

视觉的佳酿享受了四天，第五天隔壁鱼缸重又换回了清水。水泡眼们也一条接一条地陆续回来了。刚开始看它们晕晕乎乎的，似乎还没缓过劲儿来。第二天精神就好多了，摇头晃脑地游泳，体力似乎也恢复了不少。第三天，第四天，完好如初；它们摆脱了疾病的纠缠，摆脱了难喝的药水，活蹦乱跳地回来了。

小贴士

①高锰酸钾是清理鱼缸和灭菌杀毒最好的药物之一。但它的药性太过猛烈，建议用它给鱼缸提前消毒最好。

不要把鱼和高浓度的高锰酸钾泡在一起，否则很容易对鱼造成伤害。鱼缸消毒时高锰酸钾的溶液也不要太浓，否则清理时容易有所残留，一般洒到水体变为酒红色就好。

第四节 这傻妞

水泡眼们的到来，对于我来说，最大的好处大概就是认识了那位姑娘。其实以前肯定大家都见过，但是因为不怎么交流，或是因为大家本身就没什么差别，所以并没有多加留意。这次既然接了话茬儿聊上了，我便不免多看它几眼。你别说，这丫头圆头圆脑，挺着个小肚子，看着还挺喜庆，是个小胖妞。不过，这丫头脑袋里想的，也大多只有吃的东西。那天忽然说起水泡眼的事情，也大概就是脑子里哪根神经忽然弹跳了一下吧。

遗憾的是，我发现这个问题已经是很久以后的事情了。在那之前，我一直以为它是那种和我一样对探求外部世界非常有兴趣的鱼，可每次我表达出想和它交流、讨论的愿望的时候，它不是满脸问号地冲我眨巴眼睛，然后调过头去睡觉，就是呼哧呼哧地大口吞吃丰年虾，完全拿我当成不存在。这傻妞，还真是个好胃口！

……

阿财：哥，想什么呢，这么入神？盯着鱼缸看半天了。

阿旺：没有，我就是看呀，这一对儿红顶虎头，挺有夫妻相的，最好能一对儿卖出去，别拆开了。

阿财：一对儿？这鱼已经能分出公母了么？

阿旺：当然啦，我不是教过你吗。

阿财：你是教过呀，可是，当时你告诉我，公鱼在繁殖季节鳃盖和胸鳍上会长有追星，而现在又不是繁殖季节，而且咱们的小虎头也没有到性成熟的年龄吧？

阿旺：嗯，那倒是。等再长大一点儿就好看了。母鱼肚子胖，鳍短，还圆；公鱼的身子精炼点，鳍也尖。现在要看的话，就看它们的繁殖孔，公鱼肛门是凹进去的，母鱼要凸出来一点儿；这个永远都不变，从小就是这样。

阿财：嗯，那还是这个方法最保险。

阿福：哟，老板在呐！

阿旺：嘿！有日子没见了啊，今儿怎么有空过来呀？

阿福：嗨，一直忙得要死，今儿也是正好来这边儿办事，顺便来看看您呗。

阿旺：呵呵，甭看我，看鱼就行。看看这小红顶虎，怎么样？

阿福：我看看……嗯，有味儿，还真不错。您自己出的吧？

阿旺：嗯，去年秋天的苗，到现在能搬出来了。

阿福：您别说，这自己养的苗就是比外边进的看着精致。

阿旺：那可不，我这鱼你不是不知道，绝对是盆养出来的，怎么着也比外面那大坑里的杂货来得强吧①。你看看，有合意的，来两条！

阿福：嘿嘿，您的生意必须得照顾呀，我挑一对！

阿旺：你先看看这俩怎么样——就这条……还有那条，我看着是这里边最合适的一对儿。

阿福：嗯……没错，您这眼力肯定错不了。得，就给我捞这对吧！

小贴士

①所谓坑养，就是把大批金鱼养在巨大的水坑里，手法等同于食用鱼的饲养。坑养相对于盆养来说，手法粗放，管理简陋，金鱼的生长环境类似野生，体形容易偏窄、偏长，远没有盆养出来的精致。现在市场所售卖的金鱼，基本上都出自坑养，但若购回后圈养在体积较小的容器中，“压”上一段时间，也能让体形有所表现。

第五节　東之高阁

文章写到这，忽然想起那天跟朋友聊起自己正在琢磨金鱼。朋友说：那你来我们家吧，我们家旁边小河沟里全是金鱼，你捞一盆回去养。

我一下被噎住了，干笑了半天，说不出话来。朋友知道我养的鱼少，家里还有空盆，但他未必知道那个盆为什么一直空着。

喜欢金鱼的人，没有谁不希望淘到一条体形、颜色全都合心合意的鱼来养的。买鱼的地方大致有两处：一处是各地区的花鸟鱼虫市场，卖鱼人在这里开店售鱼，服务四面八方的老百姓；一处则是鱼把式们的养鱼场，这里一般路远，交通不便，只有非常喜欢鱼的朋友，才会不辞辛苦地跑到这儿来挑鱼。

花鸟鱼虫市场的鱼，大都是批量生产之后淘汰下来的，量多，便宜，但没什么精品（有时也能碰见奇贵的，但那只能算是次品里面拔尖的，价位虚高而已）。如果想买到好鱼，还是应该亲自到鱼场去，精挑细选一天——而鱼老板们也大都会为了这样的客人，专门留出品相较好的个体，供人选择。

笔者非常不幸的就属于后一种人。无奈最近的工作碰巧都忙在一起，没有时间淘换鱼，只能偶尔跑去临近的观赏鱼市解个馋。可是这里的金鱼，如前所说，质量根本无法保证，对于比较苛求品质的鱼友来说，恐怕过眼瘾都办不到。失望之余，只能让家里的鱼盆长期空着，等哪天有缘碰到命中的宝物，再将它请回家中吧。

这样的“等”，无疑是非常令人不安的。作为我个人来说，并非是等不起，实在是这样让人“等”的局面，恰恰是今天金鱼没落的一大原因。

我为什么要等？因为见不到好鱼；为什么见不到好鱼？因为我只去普通的花鸟鱼虫市场；为什么普通的市场就不能有好鱼？因为好鱼是精品，数量稀少，不可能大量流通在市面，那么好鱼都流通到哪去了？也许我知道，但普通的百姓大众能知道么？他们别说知道，恐怕连见都没见过。

从商业运作的道理来说，这是正常的。清代李斗所著《扬州画船录》里就有记载：“上等选充金鱼贡，次之游人多买为土宜（类似像旅游纪念品），其余则用白粉盆养之，令园丁鬻于市（鬻念 yu，同“玉”声，为“卖”的意思）。”金鱼从

它的培育过程来看，很容易就能分出三六九等，你处于哪个经济实力的阶层，就能买到哪个档次的金鱼，所谓一分钱一分货，这没什么好说的。问题是，那个时候的高端金鱼是供于皇室的，老百姓都知道。

高端金鱼直接和王子、皇孙相挂钩，是一种富贵奢华的体现，是一种社会地位的象征。现在呢？真正的所谓高品质好血统的金鱼，它们在哪里？它们可能散落在各个鱼场，或者珍藏在某几位痴迷金鱼的玩家手里，但他们未必是名门旺族，未必是富商巨贾，未必是达官显贵。这些人的社会效应，对于广大人民群众来说，微乎其微。自然，金鱼——高档金鱼，再想博得人们关注的机会，也是微乎其微。被少数人关爱的上品金鱼，好像多年不再翻阅的竹简，被当成了传统文化里的一个摆设，束之高阁。你不抬头，根本没机会看见它。

今日，我们欲见金鱼，最方便的莫过于直奔花鸟鱼虫市场，而要振兴我们的金鱼，最好的地方也正在这里。因为这里的客流量大，人数众多，且来自社会的各个阶层，是金鱼与老百姓“正面交锋”的第一战场。

在这里，金鱼的品质与样貌被顾客观摩，实际上也就等于在被全社会观摩。因为大量的顾客无疑是最有力的宣传者和评判者。而如前所说，这种市场里的金鱼，全部是坑塘批量养殖出来的“大陆货”，品相和质量都令人惨不忍睹。那么，在百姓的思维中，在社会流传的舆论中，金鱼就变成了“差”。不单是坑塘养殖的金鱼变为“差”，而是全体的金鱼全都变为“差”。因为老百姓看不见那些真正好的个体，他们也没机会看见，甚至在他们的印象中，金鱼就没出现过“好”的。这就是为什么金鱼档次永远是“小金鱼儿”，为什么我的朋友请我去他家旁边的河沟里捞金鱼。因为金鱼，本就是以这样的面目进入百姓世界的。

今天的中国，早已没有了王公贵胄；而离开了红墙深院的金鱼，也脱去了那层高贵的薄纱。在“社会主义现代化”的中国，金鱼不再是文化，而是变成了一种经济农产品，可想而知，文化进入市场，和“钱”挂上了勾，就立刻变得混浊不堪了。

以养金鱼糊口的鱼把式们，如果要见效益，只能是薄利多销，批量养殖。那种“精耕细作”出来的上品金鱼，不仅周期长，成本高，而且市场也很难寻找——需知高价的金鱼不比高价的黄金，不是单纯的奢侈品。要欣赏它不仅要有钱，还得有

文化。可在一个实体经济发展过快的国度里，指望有钱人有文化，那结果往往是令人泄气的。在这样一个大环境中，如果是你，你会怎么选择？

所以，笔者以为，振兴金鱼，途径是普通市场的零售店，根基则在这些鱼场的鱼把式们。现在的金鱼，说好听了是国粹，其实，它们早就没这个资格了。要想打好翻身仗，其一是花大力气，复壮那些优秀的古老品种，其二是有质量地进行品种创新。而这两件事情，也就只有在鱼行中浸淫多年的养殖者们才能办得到了。

至于投入方面，我想，既然复兴的金鱼叫“国粹”，那么弘扬民族精神，保护传统文化，是政府义不容辞的责任。在这里，我们的态度甚至不应该是“希望”，而是“要求”，作为合法的纳税人，我们有权力要求政府为属于全中国老百姓的文化艺术投入力量。

至于具体的方法，笔者还是要请出刘景春前辈。刘先生当年养鱼，不管鱼成长到何等阶段，只要发现头、背、身和尾有一处不规矩的，当即淘汰——这里的淘汰，可就不是扔到市场上去卖，而是直接土埋了。正因为有此魄力，所以当年刘先生蓄养的金鱼，只要是成鱼，必定条条堪称国宝。

我们今天的鱼把式，之所以要让那些次品鱼流入市场，之所以不敢用盆养的方式蓄养金鱼，就是因为他们要考虑回收成本的问题——成本保不住，生活无所依靠，养鱼的意义也就没了。所以，国家在这里最能做也最应该做的事情，就是保障这些鱼把式们回收成本，不计工本地支持他们养鱼，选鱼，育鱼，同时又系统地监管那些次品鱼的淘汰、销毁，不让它们存在于这个世界。这样做的后果，肯定会使金鱼在普通市场上急剧减少，甚至销声匿迹一段时间，但当金鱼们再次复出的时候，则必当是凤凰涅槃，艳惊四座。

我不知道这样的空想是否能够实现——哪怕一丁点也好。金鱼既然久被束之高阁，那我们现在就搬个梯子把它取下来，二百年前的老百姓既然看着“用白粉盆养之，令园丁鬻于市”的小金鱼，还能想着皇帝佬儿闲坐金鱼池边，欣赏着稀世珍宝的闲情雅趣，那我们今天的目标就是国器共赏，普天同乐。

“旧时王榭堂前燕，飞入寻常百姓家”。希望这样的日子可以离我们越来越近，国粹金鱼不再是一个传说，而是所有中国人的骄傲。

第五章 搬 家

第一节 你也太胖了吧

没想到我这么快就又搬了一次家，不过新家依然是个大玻璃缸。缸里的金鱼品种很多，初来乍到的，我还不太敢堂而皇之地游进鱼群里逐一观察，只是在稍微远一些的地方，静静地适应着新环境。倒是虎妞那傻丫头，整天就知道傻吃闷睡的，什么也不想，游泳时候就像梦游一样，撞其他鱼身上了，也不知道打声招呼，看了就让我头大。

有一次进食的时候，一条蛋球还问我："那姑娘是你带来的吧？怎么那么逗啊。"我真想直接说："我根本不认识它……"不过这是不可能的，我只能干笑两声，蒙混过关。

这个缸里的鱼，我在第二天便认全了，三五天后逐渐混熟，可以心安理得地游进鱼群跟大家聊天。不过我目之所及，全是个头比我大的，所以，尽量还是绕着它们游，免得惹来不必要

的麻烦——我就奇了怪了，虎妞那丫头怎么就什么都不怕呢？这可真是大智若愚，难得糊涂了。

除了虎妞之外，这个缸里最让我关注的是一条黑色的兰寿。之前已经介绍过了，这是一种短、圆、粗、胖，任何一个方面都比其他蛋种鱼来得“实在”的朋友，可以说是金鱼里面长得最“喜庆”的了。不过，这条兰寿的体长更短，比我住在阿旺那里时见过的兰寿还要短，也因为短，肚子就显得更加圆。如果说我们虎头里的胖子能长成鸭蛋形的话，那么这条兰寿基本就是橙子形——结结实实的一个小圆球。

比它的体形更让我在意的是它的泳姿。和一般的金鱼不同，它静止的时候不是平直地悬浮在水中，而是大头朝下，好像栽下去一样。虽然它不时会努力一下，让自己“抬”起头来，但旋即又会栽下去。只有在游泳的时候——还必须得是逆着水流游泳的时候，它才能一时地保持平衡，但一旦停止游泳，或是顺水而动，便又栽下去了。

我看着它这个样子，自己都替它累得慌，想琢磨个办法帮它解决一下。但这种分属于平衡力学的东西，怎么可能是一条金鱼能想得明白的？我绞尽脑汁，也思索不出个所以然来，不由得自己一阵发狠。

“行啦，小伙子，省点力气吧。你帮不了它的。”

我一回头，原来是一条铁包金的虎头。同为虎头金鱼一类，听它说话自然比较亲切。

“我就是看它老栽跟头，太难受了。”

“没办法呀，头长得太胖了，身子又短，尾巴又小，根本压不住，不栽才怪呢。”

“就是因为头太胖了吗？”

“嗯，你看那条鱼，跟它一块儿进来的，不就没事了。”

我顺着铁包金虎头的指向看去，原来是一条樱花色的兰寿。也是一样的短圆，但头顶平平，肉瘤极少，尾巴也又窄又缩的；但它的游姿正常，丝毫没有半点栽头的迹象。

“原来是这样……那我可麻烦了。”我摸了一下自己日渐长胖的脸蛋，自言自语道：“等我这脑袋长胖的时候——”

“不，你不会有问题。”铁包金虎头打断了我，“你的背是平的，足以压住前方的头部。可是你看兰寿，它们的背是弯的；背一弯，头再一大，立马儿就压不住了，栽过去也是没有办法呀……”

我听着铁包金虎头的解说，虽然还不能完全想明白，但依稀记起了小时候遴选的时节。那时候，背部下弯的同伴们，就已经全部被捞走了①。

小贴士

①蛋种鱼因为没有背鳍，所以，保持平衡的本领要比其他金鱼逊色很多，而其中尤以头部肉瘤发达的个体，一旦前后平衡掌握不好，就会栽头。所以，虎头、猫狮等金鱼在挑选时，一定要选择背部平直、尾柄粗壮而有力的个体，才能保持平衡。而日本出产的兰寿金鱼，虽然背部下弯，却依旧不会栽头，个中原因咱们以后再说。

第二节 未雨绸缪

那条樱花兰寿虽然游泳平顺，但精神看上去有点蔫蔫的，我不免担心它出什么问题，便问铁包金虎头：

“那家伙不会出什么状况吧？”

“不会，它只是刚进来的，不太适应这儿的水流，你看着吧，明天就好了。”

“是吗……我觉得我刚进来的时候不是这样啊。”

“哎哟喂，你当然跟它不一样了——别看它今天刚进缸，其实比你早来一星期，你知道么？”

“啊？那为什么——”

“就因为它一直在泡药，看见外面那个大盆了么？”我往外看去，铁包金说的“盆”，原来是一个蓝色的大整理箱，“它在里面住了一星期，一直泡的那个……你肯定也泡过——”

“艾柯 A4 是吧？”

“对，就那东西！你想想，你要连泡一星期那东西，你能不头晕？”

原来如此。我想想艾柯 A4 药水那倒霉的味道，再看看眼前的樱花兰寿，觉得它的表现已经相当好了[①]。

“不过它为什么来了就要泡药呢？”我继续问铁包金，“是身体有什么疾病么？”

“这跟疾病没有关系，”铁包金正色道，“凡是买来咱们这的鱼，都要过这么一遭。就是为了防止有外来的病菌传染到咱们缸里，因为你不知道这些鱼以前的生存环境是什么样，是干净水还是脏乱差。

“我听说很早以前，这儿来了一条红高头，咱们这位主人阿福一时手懒，直接把它扔缸里了，结果好嘛——水霉病传染开来，一缸鱼都跟着这条红高头去了。如今在旁边缸里的老人儿，有见过当时那阵势的，打那以后只要见着红高头，就直接叫它们的外号。”

“什么呀？”

“灭绝师太。”

“嗨……”

“反正现在阿福是老实了，只要新鱼一到，必定规规矩矩泡药两星期，有病治病，没病预防。”

“那不对呀”，我看着铁包金，“我跟那傻妞来的时候——”

“没错，”铁包金好像早知道我要问什么，便直接打断我，“这缸里有四条鱼没泡过药：你们这两条红顶虎头，我，再加上那边一条熊猫蝶尾。我要是猜得不错，你们俩是阿旺那里来的吧？”

“唉？您怎么知道？”

“呵呵，我也是那里来的呀，只不过比你们早半年，咱们主人跟阿旺太熟了，知道阿旺没事就给鱼缸里泡药——你们没少喝那东西吧？”

“嗯……是。”我郁闷地点了点头。

“所以阿福都知道，阿旺那里的鱼干净，直接放鱼缸里也没问题。但是，只要是其他地方来的鱼，甭管你怎么活蹦乱跳，这一星期泡药肯定跑不了。”

“哦……”我若有所思地看着外面那大整理箱，隐隐地对它有了些敬畏。

“不过，不光是泡药，这个整理箱还有另外一个功用，”铁包金的声音再度响起，“你看见边上的那个小过滤器了吗，就是专门给新鱼准备的。”

“给新鱼准备？”

“对，因为咱们这些金鱼，从小不是在坑塘，就是在水槽子里长大的，那里面并没有很强的水流。可是鱼缸里就不同了，鱼缸都安装过滤器，会持续制造强有力的水流。你刚进入鱼缸的时候，有没有感觉不适应？”

“嗯……有。”我回想着那时的情景，“大概过了一两天，我才完全适应过来。”

“对了，像咱们这种身体强壮的鱼，游个一两天基本能适应，可是有些身体比较娇嫩的鱼就不行了。你看那边那俩丹凤——都说丹凤这鱼嫩，为什么呀，因为它身子骨弱，尾巴又大，突然放进有水流冲击的环境里，根本游不开，它为了保持平衡，就得拼命运动。这一拼命就坏了，各种各样的毛病都来了，搞不好突然就能暴毙。”

“所以，咱们这儿但凡来了新鱼呀，都得先搁那整理箱里头，用小过滤器制造比较缓和的水流，让它先适应一阵子。等身体调节好了，再放大鱼缸里，就利索多了。”

“那我们——不，咱们没有试用那个小过滤器，也是因为——”

“对，也是拜赐阿福相信阿旺。因为阿旺推荐给阿福的鱼，一般都是在鱼缸里养了至少一个多星期的，早就适应了过滤器的水流，所以没有问题。”

“嗯……”我听完铁包金虎头滔滔不绝的讲述，忽然觉得我能活下来，其实也挺不容易的。不过只要万事提前做好准备，按部就班，那就没什么好怕了！

小贴士

①泡药只是预防疾病的发生，和药浴还不太一样，所以并不用连续用药，只在前三天用药水浸泡金鱼，之后换为清水观察就可以了，如果发现病情，再按部就班地治疗。

第三节 粮食有变

来到这个鱼缸后，不仅环境有所变化，连我最重视的食物也发生了改变。

在这里，吃的第一餐居然不是活食——这虽然足够出人意料，但还不至于让人惊奇。真正让我没有料到的是那玩意儿居然浮在水面！记得我当时猛地闻到一阵香气，四处搜寻，却见不到半点食物的影子，急得我在缸底直打转。就这样一无所获，饿了一天。第二天，我长个心眼儿，在食物香气传来的时候，看看其他鱼的动向，然后我发现大家都向上游去，间或有游下来的，也有已经在心满意足地咀嚼的。

于是我知道了，奥秘一定都在水面上。我快速地游上去，看见一个接一个的深红色颗粒浮在水面，而其他朋友们都在如狼似虎地吞咽这些颗粒。我试着张嘴去咬上一颗，吞到喉部，慢慢咀嚼，很松脆，香味也很浓，和以前吃过的食物都不太一样。实在地说，口感还不错。但它既不是单一的蛋黄，也不是浆状的蔬菜，更接近我冬天时吃到的混合饲料，只是变脆了，能浮在水面了。

反正不管怎样，对于我来说，好吃就行。既然都是果腹之物，我又何必在意它的来路呢？

除了颗粒之外，这里也有活食。但不再是红蹦、青蹦和丰年虾之类的浮游生物，而是一根又细又长的红线——唯其不停摆动，才使人发觉它是活的。不过，虽说长相奇怪，可这东西还真好吃，我才吃了一顿就上瘾了。而且幸运的是，在阿福这里，吃这种红线的时间远远超过颗粒，基本上吃五天红线，才轮到吃两天颗粒。

有一天，我实在忍不住了，便问阿福这红线一样的东西究竟是何方神圣。

阿福：这也是鱼虫的一种，因为长得像细线一样，所以叫“红线虫”。

虎头：那么，那个颗粒又是什么呢？

阿福：那个就是人工合成的饲料啦，你看得懂中文吗，这叫“食神红”，是仟湖公司OF系列的特级饲料，里面的南极虾粉和藻类对你的成长和发色都非常有利哦。

虎头：原来是仟湖呀，没想到他们除了难喝的药水以外还能做出这么好吃的口粮。不过我们怎么吃五天线虫才轮到吃它？

阿福：任何一种饲料都有它的优点。拿活食来说，营养最全面、吸收最好的应该是你小时候吃的红蹦。但我现在之所以给你吃红线虫，是因为你的头瘤已经开始发育了。红线虫是所有饲料里面最利于脂肪堆积的，也就是说，它最利于你头部肉瘤的生长。但长期食用单一的红线虫也有一个缺点，那就是容易使你们的颜色变淡——如你头顶这块红印，如果只吃红线虫，就会逐渐变为橘红色。并且单一的食物会使营养供给不均衡，某些维生素可能会缺失。所以，我定期喂一些人工合成饲料给你，一方面补充营养，另一方面，这里面的增色剂有助于你颜色的鲜艳。

虎头：我的天呐！还有这么多讲究啊。这个好吃的红线虫，原来是为了给我长胖脸用的——我都觉得已经够胖的了。

阿福：不行，不行，这才哪到哪呀，要长到比传说中的二皮脸还要厚上四五倍才可以哦。

虎头：……

除了红线虫之外，我还吃过一种肉虫。和线虫比起来，它的体形又短又粗，颜色是漂亮的鲜红色，味道也让人十分满意。

但阿福说，这只是在应急的时候用，偶尔给我们吃两顿，不会长期饲喂。

虎头：那是为什么呢？这个东西很好吃呀。

阿福：我知道它好吃。这个东西叫“红虫”，的确也是很多观赏鱼的饲料。但它并不适合你们金鱼——你有没有观察过你吃完红虫后排泄的粪便？

虎头：呃……谁会有兴趣看那种东西……

阿福：你看一次就知道了。基本上你怎么吃进去的，还是怎么拉出来，因为你们金鱼的消化系统比较娇嫩，而红虫的皮太厚，你们消化不了，所以这东西也就是当个零食，偶尔给你们过过嘴瘾吧。

虎头：那也不错呀，解了馋，还不用担心长胖。你们人类恐怕更需要这样的食物吧？

第四节　新的邻居

时光如水，岁月如梭。不知不觉间，我的身体已经长大了一圈，当然，头部更是长大了好几圈。这天，我遇到了两个老朋友——两个没带来过什么好事的老朋友。

那天早上，理论上的线虫迟迟不来，我就知道坏了——肯定得有事儿。直到快中午了，反正太阳透射的光线已经有点晃眼了。我的第一位老朋友——那把久违的抄网伸了进来。

虎头：真是奇怪啊，怎么这把抄网和阿旺家的那把看着那么像啊。

抄网：什么叫看着像啊，本来就是我呀。

虎头：啊？

阿福：嗨，别说了，导演克扣经费，连把新抄网都不给我。这不阿旺的戏份没了，就直接把他的抄网匀到我这儿了，唉。

甭管是谁的抄网吧，反正我先躲一下。游到一边，看看倒霉的是谁。可是我看得仔细，那抄网闪过了数条身边的游鱼，一翻，一兜，就先把虎妞弄出去了。我心里咯噔一下——完了，这是盯上我俩了，下一个肯定得是我了。果不其然，那抄网再下来的时候奔着我就来了。我一想，算了吧，反正早晚也得来这么一下，我就甭挣扎了，您直接把我弄出去得了。

由于我没有怎么挣扎，出水的时候阿福只轻轻用手按着我，然后放到——我的天呐，果然还是“阿旺家原来”的那个盆里。我游了一圈，发现盆底有一片银色的鳞片，便抬头看看虎妞：

“你的？”

“嗯。”

“怎么掉的呀？”

“进来的时候跳太厉害了，给抄网边上蹭掉的[①]。”

“嗨，瞧你……行了，你好好养两天吧。明天我不跟你抢吃的。”

我们聊天的工夫，盆被端了起来，晃晃悠悠带到另一块地方。我抬头一看，原来是一个黑底刻彩花的大瓷缸旁边。只见阿福拿一个小舀子从里面舀出水来“哗啦啦”倒进盆里。连舀了三勺。过一会儿又把盆里的水向缸里舀进三勺，然后又从缸里舀出三勺倒入盆里——就这么“呼啦啦”的折腾了得有三十分钟。阿福直接伸手下来，这回他先逮的是我，两只手轻轻握

着，一下把我送进了缸里，旋即傻妞也进来了。

我刚进来的时候本能地向前游了一段儿。水有点凉，令人精神振奋。水位也很深——比我预想的要深。原来这还真是养鱼用的，看样子里面别有洞天呀。这个大瓷缸的内壁是纯黑色的，因而，傻妞那银白的身体就显得格外耀眼。我光注意她了，差点没瞧见原来缸里还有一位。我低头看见它的时候，它正朝我游过来打招呼呢。

"新来的？"

"嗯，您也是？"

"比您两位早点，头两星期吧。"

"这么早就来啦？怎么不去那大缸里待两天呀？"

"嗨，我去不了。我来这儿是串缸用的。"

"串缸？"

"嘿嘿，您肯定不知道。瞧您这样子就是个正品货，没人舍得拿您串缸。这么说吧，所谓串缸呀，就是掌柜的新开一缸，不知道能不能养活鱼，就先买一条便宜的鱼放里边游着。我要不死，就把你们接来；我要死喽，就得倒了水重来。"

"啊，这么危险呐？这事儿您干了几回了？"

“不算少，大大小小得七八回吧。不过您没事儿，您这品相的遭不了这个罪，这都是我们这种糟老百姓干的活儿。”

“别，您可千万别这么说。天下金鱼是一家，咱住到一个缸里就是缘分，我绝对不会因为您便宜就看不起您的。”

“得嘞，有您这句话，咱就什么都不说了，哎，我看那姑娘也不错，您家的？”

“它还不错呐？就知道吃，跟它站一块儿我都嫌丢人。您看上眼，您就搭讪去！”

“嗨，我也不好这口。不过，过几天还有新鱼来呢，到时候有鱼追求它的，你就知道吃醋啦！”

“啊？还得有鱼来呐？”

“可不，这么大一盆你还想自己住啊？听说下星期就得来几条地金。”

“地金？什么东西？”

“嗯，你可能没见过，差不多就是我的身子，您的尾巴——嗨，咱这也说不清楚，来了你就知道了。”

这以后，我们就一起住在了大瓷缸里。傻妞照样是整天吃饱就睡，我则和这位十分能侃的新朋友聊得不亦乐乎。这侃爷是一条大尾巴草金鱼，虽然便宜，但是并不难看，红白双色的斑纹，错落有致，和它平易近人的性格十分搭配。它知道我的品种，就直接叫我“虎子”；它自己呢，因为据说在东洋，这“大尾巴草金鱼”有个更雅的名字，叫“彗星”——它倒也不是崇洋媚外，只是我们都觉得“彗星”是两字儿，利索，干脆就叫它老彗。

老彗是个见多识广的主儿，听它天南地北地聊着，基本上都是我不知道的事情。由此，我又想到了它之前说过的地金，那究竟是一种什么样的鱼呢？

小贴士

①抄网其实是很容易伤到鱼的，所以如果方便，您最好直接用手握——注意，是握，不是抓。

第六章 日本金鱼

第一节 “日本”的日本金鱼

朝思暮想的地金终于在今天出现了。

随着水面上“哗啦”一声，一条红白相间的金鱼游了进来。起初，我以为它就是和老彗一样的草金鱼，可再仔细一看——哎呀，这叫一个惊叹，居然还有长得如此奇特的金鱼！前半身的确如老彗所说，跟它差不多，没什么好看的。奇特之处在于它的尾，尾鳍是四叶开，并且完全立起来，和体轴呈九十度垂直，就像在身体后面安了一个电风扇！

我惊讶得实在合不拢嘴巴，回过神来之后，也费了半天劲才闭上。身体更是不由自主地靠了过去。

“你就是地金？”

“……Nani？”（日语“什么？”的意思）

这时，老彗游过来，一把拉开我：

“你傻啦，人家是东洋来的朋友，你得说日语呀，看我的——太君好！我们地，良民大大地！太君地，地金？”

“……嗨！”

“你看你看，它说‘嗨’了吧！”老彗再接再厉，“太君地，中文地，明白明白地？”

“……嗨！”

得，看样子，老彗也不灵呀。这地金只会“嗨”来“嗨”去，完全没有办法交流嘛，我看它想要在这儿生存，有必要恶补一下中文了。明天让它听周杰伦的《双节棍》吧。

阿福：行了吧，你们俩都别得瑟了，听也听不懂的，还是让我来当一回解说吧。

地金是1661至1680年间，由日本人培育出的一种非常独特的观赏鱼。它起源于普通的“和金”金鱼，但不同的是，它具有四片如孔雀开屏般的X状尾鳍，这是它最引人注目的地方。1958年，地金被定为日本爱知县天然纪念物，受到政府的保护与扶持。

原来是这样——天然纪念物，这个名头倒是挺响亮。不过我关注的还是它们本身。

在陆续进来的三条地金中，最后一条的颜色最规矩，也最难得：它的全身银白，没有杂色，但胸鳍、背鳍、尾鳍等所有的鳍叶，全部赤红，活像一片火焰裹住的雪球。

“哎呀，你还真是漂亮呀。”我忍不住游过去，靠近了它说。

“哪里，哪里，只是看着顺眼而已。” 它好像对我的赞美并不很关心，“和你们这样天生丽质的没有办法比呢。”

“哎？”我好生奇怪，“你会说中文吗？！你知道天生丽质这个词啊，也可以用在你自己身上哦。”

“不，”对方苦笑了一下，“我在中国生活了快一年了，简单的交流还是会的。我的这种花色，在日本叫做六鳞，但这种花色并不是天然生成的，而是人造的。”

“人造的？”

“嗯。其实我们刚刚发色的时候，也只是普通的红白花色，但是养鱼人如果需要‘六鳞’，就会把我们的鳞片全部剥去，头皮也要浅浅地割下去一层，然后放在混有醋酸的水中泡养。这样，新长出来的鳞片和头皮全部是白色的，只剩下鳍叶原本的红色，这样就形成了‘六鳞’。”

“……”我张着嘴巴，不知道该说什么才好。这简直是剥皮剔骨呀！不过是一条金鱼而已，却要这样血腥的手段来培养。生在日本的金鱼，果然都很“日本”啊。

第二节　见棱见角

和吃饭一样，无论中餐还是西餐——冷拼完了就是主菜，开胃品完了就是牛排。地金的到来，虽然让我们新鲜了一阵子，但真正的“大腕”随后才到，它们叫“兰寿”。

在这之前，无论是阿旺的鱼坊，还是阿福的缸中，我都已经见过了兰寿。但老彗告诉我，那是兰寿从日本引入中国之后发展演变而成的中国金鱼，可以被称作“国寿”，而真正的日本兰寿，和它们还是有很大区别的。

那天，当几条体型巨大的兰寿游进瓷缸后，老彗径直向其中一条游去，热情地打招呼：

“东瀛岛国的金鱼之王，也终于要来中国落户了吗？”

“是啊，您居然认识我呢。在中国，我可以认识很多新朋友，鄙人十分荣幸。”

老彗简单和对方说了几句，就把我叫过去跟那条兰寿打招呼。我盯着眼前这条金鱼，实在是有股说不出的奇怪感觉。和我几近圆形的脑袋不同，这条鱼的嘴角两边肉瘤突出，鳃盖却相对平滑，头顶的肉瘤也不是那么丰富，整个头部好像一个立

らんちゅう

体的方块。

它的身体也是长条型的，并且脊背宽阔——这点看上去的确十分威武，所以整条鱼连在一起，就像是一个规规矩矩的长方体。和我之前见过的兰寿比起来，如果说中国的“国寿”看上去像个丸子，那么日本的“日寿”就更像一辆小卡车。

真是前所未见的金鱼呀，我心想。两个比邻而居的国家，所创造出的金鱼差别却有这么大。

阿福：你别胡思乱想了，还是由我来解说吧。

兰寿金鱼是日本友人培育出的最成功的金鱼品种，被称为“日本金鱼之王”。它是由从中国引进的原始蛋种金鱼，经过长期培育而成。

关于“兰寿”的名字，流传较广的说法是：由于当时的蛋种金鱼是从福建进口过去的，而福建同胞的方言使得日本人将这种金鱼记录为“卵虫”（估计福建人说的就是“卵种”），后来几经变更，到了今天就成了“兰帱”。至于最后为什么被国人念作“兰寿”，大家就自己琢磨去吧。

兰寿虽然是从中国起源的金鱼，但毕竟是日本朋友培育出来的。在鱼只的身体上充分体现出了日本人的审美观。比如，

它的头部，鳃瘤平薄，却拥有发达的下鬓和吻凸，俯视看上去就是一个方方正正的脑袋，这一点和中国传统的狮子头金鱼就形成了很鲜明的对比。

兰寿和中国金鱼最大的不同，在于它追求的是鱼身整体的平衡感，而非某一特征的显著突出。这也导致了中国老一辈金鱼玩家对它多有不屑。刘景春老先生就评价此鱼“周身完整，无疵可挑，唯头顶堆肉扁平……由此可见，日本人虽广蓄金鱼，但缺乏良种……其与中国金鱼之发展，至少落后三十年。”

刘先生当是太喜爱他所蓄养的“王字虎头”了，否则不会对日寿做出这么不留情面的揶揄。这里特别说一下：王字虎头，是我国几近灭绝的一个金鱼品种，以其头冠高耸、肉瘤饱满而著称。在王字虎头的鱼苗里，一部分和兰寿一样，也长有吻突，但早年的饲鱼者都会将其剔除，其原因大约和我前面提过的“能量论”相仿：王字虎头追求的是头冠高耸，所以需要将一切能量都集中在头冠部位的个体。如果分散至吻突或鳃盖，头冠的高度就会打折扣。而日寿既然追求的是整体的平衡，那么自然在这方面就会有所改动。

其实，王字虎头的体形在刘先生手里是做过改进的。为了让头冠巨大的金鱼不栽头，他把王字虎头的鱼背改良成平背型。而日寿要保留金鱼的弧背，那么为了不栽头，就只能抑制头瘤的发达程度，而形成所谓“头顶堆肉扁平”的个体。由此可见，王字虎头是为了头瘤而舍弃弧背，日寿则是为了弧背而舍弃头瘤。两者都有所取舍，那么孰优孰劣，是无法评判，也不应该去评判的。

但是，毕竟日寿这种金鱼除了头瘤以外，“周身完整，无疵可挑”。可见，其作为东瀛岛国的金鱼之王，还是有些底气的。这“完整”而“无疵”的身体，也是日本一代又一代的金鱼匠的心血和坚持的体现。而且，我们不得不承认，目前市场上风行的是日寿，而王字虎头却已岌岌可危。我们有闲工夫褒贬外来的品种，更应该学习人家的长处，反过来重新振兴自己的国粹。

第三节　为什么留在盆里

新到的兰寿一共来了三条。不几天，除了我打过招呼的那条日寿外，另外两条竟被捞走了。

“不是吧，”我抬头看着抄网在水面搅起的水纹，奇怪地问，“身子还没捂热乎呢，怎么就走了？难道要淘汰掉了？”

“瞎说什么呢傻小子，你也盼人家点好嘛。”老彗笑了笑，“它们是被送到大缸里去了。”

“大缸？”我看着老彗，“那为什么还有一条没一起送走呢？”

“因为我跟它们不一样啊！”日寿也游了过来，同样看着水面，“它们是泰国寿，是专门为供人们侧视欣赏而培育出来的品种，所以放到大缸里去，这样才能好看。”

“泰国寿？又是一种兰寿吗？你们都把我搅糊涂了。”

“别着急，小家伙，”日寿笑了笑，“其实也没那么复杂——兰寿到现在基本可以分为三个品系：日本产的日寿，泰国产的泰寿，还有你们这里产的国寿。

“如果要分辨的话，我们日寿身长宽背，吻突突出，鳃盖

与头顶肉瘤较平；国寿你自己早见过了，肚大身圆，而且头部各个地方包括两鳃的肉瘤都非常丰满，这是与我们最大的区别；至于泰寿，它们的欣赏重点在于侧视，所以背很高，背线的弧度非常明显。三种兰寿的特点很容易区分，你只要多看几次自然就明白了。”

“嗯，你这么一说，我才知道金鱼还专门有用于侧视观赏的。”

“的确。”老慧插进话来，“传统上，中国的金鱼都是用于俯视的，只是在近些年，玻璃鱼缸的流行才让咱们被‘侧视’。不过有些金鱼——比如跟你有些相像的红高头，还有狮子头、裙尾龙睛等，侧视的效果也不错，关键在于人们选择的角度。如果就是为了摆在鱼缸中，那么红高头、狮子头它们需要身体长的短圆，这样顶起的头冠、弯弧的脊背和略微上翘的尾鳍，会使它们的侧身看上去像一个元宝，格外喜庆。而如果追求传统，喜欢把鱼放在盆里养而进行俯视——比如你这样的，那么就一定要脊背平阔，身宽体壮；尤其你的头瘤，不再是高度的问题，而是要注重宽度，你可以不‘高’，但是一定要‘胖’这样看着才喜庆。像红高头它们，则头瘤的前缘一定要探过嘴唇，否则就显得野了。”

我听着老彗絮叨这半天，琢磨琢磨还真是那么回事，赶忙摸了下自己的脸——哎呀，怎么突然之间显得不够胖了？！不行，明天撒线虫的时候，还得多吃！

第四节　插播广告：土佐

这是阿福的意思。因为地金和兰寿相继出场了，那么被称作“东瀛岛国金鱼皇后”的土佐如果不露一下脸，实在遗憾。本来阿福想着先请一条回来再慢慢介绍，无奈几条日寿已经掏空了他的腰包。并且，说实在的，精品的土佐在国内市场还真不太好找。所以只能先让阿福给大家来个介绍，诸位权当是望梅止渴，以后有机会再去一睹它的芳容吧。

土佐金，原产于日本土佐县，于 1969 年时，被指定为高知县的天然纪念物，其地位类于县内的“国宝”，可见日本朋友对它的重视程度。

最早的土佐金，在江户时代后期传入高知县，作为一个特殊的群体——武士的副业，开始逐步被饲养。需要说明的是，那个时候的日本社会已经趋于稳定，战乱减少，而作为诸侯之间抢地盘打群架的主力军武士，也逐渐减少了工作的机会。为了生活，他们另谋出路，而作为创收的来源，土佐金居然被看似粗野的武士们所选中，也实在是在冥冥之中有神灵的安排吧。

土佐金的名称，可以追溯到 1845 年，在以“土佐锦鱼的

本からの土佐金

元祖”为标题的一份文书中，可以看到“土佐锦鱼”的名称。当时的日本以及其后很长一段时间，只有高知县有玩家饲养土佐金，但高知县在1945年曾遭受过美军大规模的轰炸，事过一年半，又发生南海大地震。那次大地震，死亡人数超过千人，其规模可想而知。地震后，大家想土佐金可能都死光了，但最后在瓦砾堆中，竟发现两条残存在鱼盆里的土佐金，并且是毫发无损的。这是当时日本仅存的两条土佐金。这两条土佐金又恰好是一对，这对大难不死的小生灵，使得土佐金避免了走上灭绝之路。这两尾仅存的土佐金，由居住在南与力町的田村广卫先生继续繁殖改良，所以，延续土佐金的最大功臣应算是田村广卫先生了。

土佐金的欣赏，最重要的便是其风姿卓越的反转尾鳍。迷人的姿态，常被以牡丹花，或是水中芙蓉形容之，更有人将之比喻为风情万种的艺妓、雍容华贵的贵族夫人。其所散发出来的特殊魅力，的确是许多金鱼所望尘莫及的。

在体形方面，身体宜短，头尖而腹圆，以形成一个如鸡蛋般卵圆形体者为最佳。金座，即尾柄与尾鳍间伸展的鳞片，要宽广，且闪亮金色或银色的光泽。尾鳍之反转部位（袋）要大，且伸展到鳃盖附近；其尾鳍之前缘的左右两根亲骨，要左右伸展成一直线，并且要宽；尾鳍要相连，无多余之分岔——也就是说，土佐金的尾鳍是“一叶”的，像一面打开的折扇，没有丝毫缺口。如果您在市面上看见有所谓的“土佐金”尾鳍上有缺口，那就一定是“赝品”。

一般说来，土佐金变色比较晚，有些土佐金在三岁才呈现体色，有的一辈子也没有变颜色，所以，培育出色彩鲜艳，且花纹匀称的土佐金，也是非常辛苦的事情。因此，上等土佐金的获得，实在是十分难能可贵的。

第五节 东瀛人的审美和我们的现状

本节内容仅代表笔者个人观点，欢迎各种尺寸的板儿砖。

我不喜欢兰寿，具体地说，是指日本兰寿。并不是说这种金鱼不好，日本兰寿中的优异个体，无论拿到哪里，都是让人服气的。我说我不喜欢日本兰寿，是我不喜欢它所代表的精神。

日寿的鉴赏，有一套非常严格的品评标准。单从身体结构上讲，从眼睛到尾巴尖就有十来个专用名词；此外，还包括了颜色和泳姿，甚至鳞片的折光程度，也在品评之列。这一套严格的规定，带来的好处是让日寿可以精益求精，毕竟有了要求才能有追求；而它的坏处，则是从根本上破坏了“金鱼”这一种观赏鱼类的立身之本。

金鱼，作为一种人工培育的观赏宠物，本来就是通过自身不断的变异和发展，来博得人们的喜爱。兰寿那一个又一个的标准，无异于卡在它身上的一道又一道铁闸，完全封锁了它前进的道路。头瘤长成什么样子，身体长成什么样子，背弧长成什么样子，已经不是金鱼说了算，而是人类说了算。照这个样子走下去，那么，我想今天的兰寿什么样，一百年后的兰寿还

是什么样。

诚然，日寿偶尔也会在吻突和头身比例上，稍显出一些变化，也会有龙头、狮头、兜巾和女假面这些头形的分化，甚至也走出了“协会系”、“宇野系”这样不同的系别，但零星部件的修改，无碍于整体大局。日寿的这些变化，用我的一位鱼友，或者应该说是老师的话说，那就是“黄豆粒上做微雕”你不拿放大镜，都看不出个子丑寅卯来。

遗憾的是，日本的金鱼匠人们，恐怕永远也认识不到这一点——大和民族内心的刻板和保守，让他们对所有事物都有一种强硬的坚持，他们承认了兰寿，便会如野狗护食般地死咬住不放。近几年，由于兰寿风行，有人便为日寿的饲养者们冠上了“园艺师”的头衔。要我说，他们一天不能解开纠缠在日寿身上的枷锁，便一天不能成为“园艺师”，顶多算个“花匠”。

和日本人的刻板相比，我们这边的情况正好相反。中国的金鱼从业者，对任何一种变异都不放过，一定会千方百计将它提纯、突出，最终成为一个品种。乃至在中国金鱼的鼎盛时期，竟号称有三百余个品种（当然这里面不排除水分）。

可是，这三百多个品种的金鱼，流传到今天的，还有几何？

今天那些自诩为“金鱼玩家”的人们，有多少能说出一百种以上的？最明显的例子，同为蛋种金鱼的兰寿、丹凤、鹅头红和王字虎头中，只有兰寿一支横扫大小市场，而丹凤、鹅头红和王字虎头等已是濒临灭绝。

更要命的是，这里面只有“兰寿”一种是外来鱼种，也就是说，正在消失的全部是我们自己的文明！而其个中原因，前面的章节已多次提及，市场、商业和生存，这些巨大的铡刀，粗暴地砍断了所有需要精耕细作和长期培养的金鱼品种的活路。

平安收古董，乱世买黄金。在一个温饱都成问题的世界里，我们要求金鱼步入“艺术品”的行列，实在有些强人所难。日本人可以十几代人坚持维系一个品种的金鱼，最终推出堪称东瀛金鱼之王的兰寿，是因为人家不仅有坚持的精神，还有为这种“坚持”而需付出的物质保障。而在中国，我只记得曾经有一位研究生要去给“金鱼徐”当徒弟，结果徐师傅拒绝了，理由之一便是“一个研究生来养金鱼，实在屈才”。是的，屈才。徐师傅的话说得很实在，在今天的中国，金鱼也只等同于“屈才”。

金鱼发源于中国，而今已成为覆盖中、日两国的文化。在这两个国家中的金鱼，要想继续前进，都有着必须要迈过的门坎。于日本，则需要它的金鱼匠们先能承认“扯鳍兰寿”这样的“异端”；而于中国，则先要等到我们可以真心实意地把“国粹”这块牌匾挂在金鱼头上的时候，再言其他吧。

第七章　薪火相传

第一节　时候到了

冬去春来，春去秋至，不知不觉间我已经快要两岁了。

这期间我的生活没有发生太多的变故，只是随着岁月的流转，我的食量趋于平稳，身体的生长也没有小时候那么快了。当然，脸部的生长还是要继续的。即使全身各处都停止生长的时候，我的头部肉瘤也在持续发育，以至于现在我的头部要比身体宽出很多，甚至眼睛都要被肉瘤包裹起来了。如果从水面俯视看来，连嘴巴也给堵得严严实实，只有吃食的时候才能看出张开一个小口。

直到又一个春天来临的时候，我本以为这一年依旧会在可口的鱼虫和自己的肥胖之间纠结，然后平淡地度过——变化却在此时悄悄地来临。

瓷缸的内壁是黑色的，而且上了釉，所以在有光照的时候，

偶尔可以当面镜子用。有时候我就在想，如果自己在还是一条鱼苗的时候照照镜子，而看见的是现在这模样的自己，会不会被吓死过去。自己都觉得好笑，于是忍不住对着内壁多看了两眼，这一看发现不对劲儿了。

在我的嘴角边上，平白无故地多出了一些白色的小粒，我本能地想到了小时候得过的那种白点病，心中大惊——倒不是因为怕这个白点，我知道它对我没什么大害，而是一想到很有可能要再去泡那个难喝的药水，我紧张得整个头部的肉瘤都颤了三颤。不行，必须在阿福发觉之前自己先把它搞定！于是我开始有意识地在缸壁上磨蹭嘴角的两边。这样磨蹭了一天，没有什么效果，而且——额滴神呀，居然在胸鳍上也长出了相同的白点！

“这东西传染得还真快。”我不安地想，加紧了在缸壁上磨蹭，又经过了紧张战斗的两天，我泄气地发现，好像一点成果也没有。非但如此，胸鳍上的白点还越长越多了。我有些绝望，沿着缸壁缓缓地游泳，任意地发呆。

就在此时，那傻妞从我旁边游过，旁若无人地晃动着大脑袋和胖胖的肚子。我也不知是怎么了，好像心里受到了某种感

召一般，一甩尾巴追了上去，还用头部轻轻顶了一下它的肚子。

……

此时的水面上，现出一个阴影。阿福仔细地看着水中的红顶虎头，嘴角露出了得意的笑容。

“嘿嘿，时候到了①。”

小贴士

①金鱼在二龄时，即可达到性成熟。每年的春、秋季节，是金鱼的发情期。期间，公鱼的嘴角，胸鳍的硬骨上，会长出白色的小粒，称之为“追星”。母鱼则腹部膨大，游动缓慢，当公鱼追逐母鱼，并以头部抵撞母鱼腹部时，则说明它有了交配欲。

第二节　温度骤变

对那傻妞的感觉是一阵一阵的。基本上看见它的时候就会有追逐的冲动，而当看不见它时，食物对我还是有着更大的吸引力。

傻妞的肚子变大了好多，游泳时摆动的幅度相当明显。我居然发现这是我喜欢它的地方，难怪在潜意识里，我总是爱用头部追抵它的腹部。大概这就叫做本能吧。

不过，这几天不知道怎么搞的，水好像一下子变凉了。说起来也就是一个很普通的日子吧，从早晨到中午，水的温度却一直没有升起来。持续的微凉，稍稍有些打击大家的精神，而且似乎从那以后，连射进缸内的阳光都变得暗淡了，周围的流水也一下子显得阴沉起来。

温度的下降，对于我是没有什么问题的，这个季节再冷，也不会冷过冬季大池子里的温度。只是水一凉，觉得身体机能下降了很多。之前的一些兴奋状态，也被很自然地压回去了。在这样的环境里，吃东西的节奏也恢复成了慢条斯理。大家游泳也没有往年这个时段的莽撞，而是延续着冬季的缓慢。最神奇的是，我现在看见傻妞也一点感觉都没有了，看它就跟看一截漂浮的木头桩子没什么区别。

“这也是生活的安排吧。”我回忆着自己前两天可笑的举动，然后转过头去继续寻找食物——无论何时，进食的欲望是不会离我而去的。

傻妞依旧挺着它的大肚子。我仔细观察了一下它的嘴和胸鳍，并没有长出白点，是还没被感染上么？我又逐一看了瓷缸里的其他鱼们，终于，我发现长白点的原来只有我们这些公鱼，并且，想一想已经这么多天了，阿福还没有抓我们去泡药，那只能说明这其实是一种正常现象吧？有了这个推论，我心里着实踏实不少。

不过温度是不会一成不变的，两周后的一天，气温猛然回升。这种回升不是不温不火、循序渐进的那种上调，而是犹如灶台上突然开了大火，或是长久阴霾的天空忽然拨开云雾，猛地塞进了一个太阳。

气温在我们还没来得及反应的时候，一下子上蹿了三四度，这下可让我们受不了，感觉所有的身体器官都被动地调高了一档，心跳明显加快。嗓子里一度恶心得想吐——还好之前没来得及进食。但体内已莫名升出了无数躁动，像是升腾的火焰无法蔓延，在肚子里横冲直撞。

我为了发泄精力，沿着缸壁快速游动，一圈一圈地，故意使自己变得疲惫。某一个时间，不小心迎头撞上虎妞，我自然是来不及刹车，一下子把它撞了个趔趄，这一瞬间，我发现虎妞的表情比我还难看，并且——不是因为被我撞的，而同样是获罪于这骤然上升的气温，只见这虎妞被我一撞，受了惊吓，甚至猛地一摆，“忽”地一下，一股鱼卵伴着烟雾被甩出——虎妞惊产了！游在它身后的我，被随着鱼卵一同挤出的组织液灌了个正着，足足喝了一大口。组织液的味道，一下子刺激了我，我下身一紧——浊流也顺着泄殖腔喷射而出①……

小贴士

①温度是刺激金鱼产卵的一个重要条件，尤其在外界温度大幅度振荡时，必然会导制母鱼产卵，但这时产下的卵，无法保证能同时被公鱼受精，所以，多数情况下为废卵。金鱼的饲养环境无需加热棒等设备，所以，温度受外界的影响较大。繁殖季节应多加观察，及时采取相应措施。

第三节 接生婆

导演：我说阿福你也太过分了吧。居然把我一个导演叫过来干活。你不知道我这个人一贯低调的吗，不愿意轻易露脸的呀。

阿福：你不愿意？那你冲镜头摆什么Pose呢？干吗还换了衣服？再说了，在这场戏中，我本来应该找阿旺和阿财来帮忙的，结果你结完账，就把人家支走了，我不找你找谁？

导演：行吧行吧，你也别啰嗦了，快说叫我来要干什么？

阿福：我要给这些金鱼人工授精，你得做个帮手。

导演：人工授精？这些金鱼难道不会自己繁殖吗？

阿福：当然会啦，其实，最好的方法也莫过于它们自行交配繁殖了——只要将产期临近的公母鱼放入单独的容器中，铺上金鱼草或者小碟子，让它们快乐去就行了。可是，你看现在这天气，忽冷忽热，温度又这么高，母鱼老是甩籽。甩籽的时间不确定，大大影响了公鱼的受精率，所以只能咱们来人为调控啦。

导演：这样啊……那好，我也正好长长见识，那么应该怎

么做呢？

阿福：首先是准备工作，取一个盘子和一个盆，分别清洗、消毒——盆只要比盘子略大就可以了。还要准备晾晒好的清水一桶，接下来是检查。

在盘子里注满清水，双手握住公鱼，右手握住后部，左手握住前部（也可相反，看自己方便）。握前部的手，以拇指和食指沿胸鳍两侧，由头部向尾部轻轻挤压，此时应有精液滴出。

让精液滴入少量至盘中，若很快在水中散去，则说明精子成熟，可以继续操作；反之，则说明精子尚未达到受精状态，应将公鱼放回。母鱼的检查方法相同，只是当轻压体侧时，肛门处应有卵粒流出；若无，则说明母鱼亦不可继续操作。

检查完毕后，正式进入“人工授精”的操作。首先，将母鱼腹中的鱼卵挤至盘中，可多次按压，确保鱼卵完全挤出，然后快速将公鱼的精液挤到鱼卵上，精液取完后，将盘子按顺时针或逆针方向轻轻晃动，晃动的时间不用过长，但要求有效，因为公鱼的精子在水中只能保持一分钟的活力。

晃动完毕，静置五到十分钟，让鱼卵完成受精，将多

余的水倒掉（金鱼卵有黏性，此时已全部粘在盘上）。然后，将盘放入之前备好的大盆中，注入清水，放至阳光处，曝晒孵化即可。

第四节 近亲的把握

导演：唉呀，总算处理完啦，真是紧张又刺激呀！

阿福：你紧张什么呀，不就做了一回端盘子的杂工而已嘛。

导演：也不是杂工啊。咱们挤了五盘鱼籽，最后那个铁包金的精液不是我挤的吗？

阿福：那也应该是我紧张呀，我还怕你挤坏了我的鱼呢。

导演：怎么可能？你放心吧，那条铁包金也是个群众演员啊，如果弄伤，会牵扯到经济赔偿的问题，所以我保证不会出差错！

阿福：哦……

导演：不过有一件事情想问你，刚才你繁殖的第一对鱼，公鱼是咱们的红顶虎头，母鱼怎么不是那个傻妞呢？

阿福：因为它们是同一窝出生的鱼呀，我不想直接用它们繁殖后代。

导演：哦，金鱼跟人一样，也不能“近亲结婚”是吧？

阿福：这个……其实是可以的，关键看你想要什么效果。如果是为了某一个特征的突出和提纯，就应该采用近亲繁殖。

比如猫狮这种金鱼吧，它就是为了培养那种巨大的头瘤，累代地进行近亲繁殖，把每一代头部发育得特别突出的公母鱼再拿来交配，以突出这个特征。

咱们的红顶虎头，在最开始培育的鱼群里，一大部分是体形不好或者花色不正的，一旦偶然出现表现优异的个体，那必须要通过近亲繁殖，从而加强这种表现的遗传基因。

导演：也就是说，所有人们希望它长出来的样子，用近亲繁殖都是最好的保留方法？

阿福：是的。比如说这蛋种鱼吧，如果是第一代和第二代繁殖的幼鱼，返祖现象明显，还能挑出“扛枪带刺”的个体。但是如果连续几代的亲近繁殖下去，最后甚至能让子代里全部是光背一条，“带刺”的一个没有。

导演：那什么时候就不能用近亲交配了呢？

阿福；比如改良品种的时候，就一定要用外血。你看，咱们这条红顶虎头，我是想拿它杂交出红顶的兰寿，所以，跟它配对的母鱼就是一条国寿。

还有，像虎头绒球啊，龙睛帽子呀，皇冠珍珠呀，这些都是用杂交的方式得来的。不过，这些都是用不同品种的金鱼来

交配。同种金鱼繁殖的时候，一旦近亲交配过度，引发了近交衰退，那也应该及时引入外血，用不同亲缘的鱼来繁殖。

导演：近交衰退？就是近亲繁殖导致的退化吗？

阿福：没错，过度的近交，会给金鱼的各个方面都带来麻烦，首先就是体质的问题。日本的兰寿金鱼，就因为累代近亲繁殖，结果现在的体质非常糟糕，稍微有点风吹草动，就会生病，甚至连生长速度都会减缓，有些个体最后根本长不大。颜色方面的影响还不是很突出，但近交得太厉害了，也会让原种保存的色泽变浅。红色变成橘色，深蓝变成浅蓝，这些都有可能。

至于体形，我就说现在鱼友们都比较关注的鹅头红吧。这种鱼快灭绝了，正在繁殖复壮的个体，都是近亲交配来的。所以很多幼鱼都有一个缺点，就是容易长成蛤蟆头（凸眼）。这种状况，如果用外血的鱼杂交一下，马上就能改良，但是现在鹅头红的数量太少了，你很难找到完全没有亲缘关系的种鱼。

导演：那看样子近亲繁殖的弊病也很多呀。

阿福：的确，近交是把双刃剑，你想繁殖出好鱼，基本就是要在近交衰退的风险中做好特征提纯。不过这样的功夫，可不是嘴皮子上说说就行的，咱们都还差得远呐。

第五节 保　养

我想所有人都被挤过了。回到大瓷缸中，我绕着圆壁游了一圈，果然发现，姑娘们的肚子都瘪了下去，小伙子们一个个无精打采的。

体力倒是容易恢复，在缸底趴上一会，在水里漂一会，自然就好了。水换了些新的，这我能感觉到——前几天不小心洒了精液，水里的腥气已经去除，水又重新变得清亮[①]。饲料这几日也投喂得少了。那些母鱼产下了卵，我们一起高高兴兴地吃。这味道让我想起了小时候吃过的蛋黄，但水分更多，口感更清新。

不知道为什么，阿福对这些随意产下的鱼卵似乎并不关心，只是任由我们把它吃掉——当然，我们也乐意之至。问题是，自大家都被“挤”过了之后，母鱼们便基本“断了粮”，偶尔甩出几粒残卵来，也根本不够大家吃的。更要命的是，阿福居然在这个时候向瓷缸里倒入了“艾柯 A4”的药水……虽然用量很小，但还是有些味道飘进我的口中。也好，这下倒是抑制了食欲。

导演：阿福，你这是往缸里倒什么呐？

阿福：这是“艾柯”的消毒液，稍微倒一点，因为公鱼和母鱼都刚被“挤”过，我怕它们的生殖道感染，做一下预防。

导演：你还真周到。要是让它们自己繁殖就没这么麻烦了吧？

阿福：不，自己繁殖也一样，而且更麻烦——你得随时盯着产卵的公母鱼。因为它们完成交配后，就会开始吃鱼卵。你得在它们差不多将卵产完的时候，把它们捞回来。它们一直产，你就得一直盯着，什么时候它们完事了，你才能解放。

导演：那还真需要耐心，还是人工授精强多了。

阿福：也一样，有利有弊。自然繁殖的鱼卵，因为是母鱼主动产下的，所以成熟度好，更健康，咱们这几盘人工出来的鱼卵，畸胎率恐怕就要比自然繁殖的多一些。

导演：我看缸里也有些母鱼自己产卵了呀，你怎么不要了？

阿福：之前的那些都是温度变化时，母鱼应激时候产下来的卵，受精率不高，也就让它们吃了吧；现在再产的残卵，公鱼也可能不会受精了，也让它们吃了吧。鱼卵营养价值高，有助于它们恢复体力。过几天鱼卵吃干净了，再给它们上鱼虫补一补。

导演：我看我们的故事也就到这里了吧。红顶虎头繁殖了后代，完成了生命的轮回，再有什么趣事的话，就让我们期待它产下的鱼苗吧！

小贴士

①亲鱼产卵后，身体虚弱，应激能力下降，应用老水保养，换新水可以，但一定要适量，十分之一左右就可以了。

后记　话说金鱼

说起金鱼，恐怕每个人都会在脑子里有一个一闪而过的印象。在不经意的生活中，我们时常能看到它的影子，这也因此让你把它视作了寻常之物。之所以会发生这样的事情，原因只有一个：中国是金鱼的故乡。

作为一个对世界观赏宠物贡献寥寥的国家，金鱼理应成为我们的骄傲。尤其在观赏鱼类这一方面，国外发展的观赏鱼几乎全部是野外原生品种，最多只会做一些颜色上的改良。而金鱼，无论从色彩、体形，还是从外部器官，都和它的原始祖先划分出了质的界限，这不得不说是常年累月的智慧与辛勤造就出的奇迹。

金鱼被很多朋友称为“国粹”。这个说法从何而起，已不得而知。但如果在你的印象中，这娇小可爱的生灵只是路边街头买来的普通玩物，那么金鱼的“国粹”之名，实在受用不起。但是，今天我想要告诉大家，“国粹”两字，金鱼确乎是当得起的。如果您有兴趣，就请跟着我走走，让我来告诉你有关金鱼的秘密。

金鱼的祖先是鲫鱼，最早被称为“金鲫鱼”。自然界中，鲫鱼和鲤鱼都会因为基因变异导致黑色素减少，从而出现红色、黄色，甚至白色的变异个体。起初，这些变异个体被人们统称为赤鳞鱼，后来随着发现的深入，人们又将其区分为“金鲫鱼”和“金鲤鱼”。

金鱼能够走入人们的生活，追根究底还是源于一种宗教——佛教。

东汉明帝永平二年，洛阳兴建了中国历史上第一座寺院白马寺。这个被尊为中国佛教祖庭的寺院里，一大景观就是所谓的放生池，意即让人们把手里的鱼鳖放入池中，以表礼佛之心。而赤鳞鱼因其色彩的美丽与数量的罕见，成为了放生中的“热门”。由此，野生环境中的诸多红鲤鱼和红鲫鱼被放生到了人工开凿的池塘之中，这就是观赏鱼进入人类社会的最初形态。

到南宋时期，人类照顾了放生池中的鱼几百年，忽然意识到：这颜色艳丽的小生灵，其实可以单独拿出来作为玩赏之物呀！于是，赤鳞鱼便从满池子的鱼鳖虾蟹中解放出来，有了自己的独立公寓。所以我们可以说，金鱼作为人类社会特有的观赏性鱼类，这张“身份证”是南宋祖先们下发的。但是那时候能够蓄养金鱼的都是些达官贵人，说白了就是有大 house、大别墅和大院子的，这种身份使得金鱼的饲养方式自然而然沿袭了放生池的模式，也就是和以前一样，依然要群养在大面积的水池子里。所以那时的金鱼，虽然住房条件有所改善，“户型”却并没有太多的变化，一定程度上阻碍了它们的继续变异。

那个时候的赏鱼，为金鱼的发展做出一个不大不小的贡献，那就是选择。金鲫鱼和鲤鱼都出现了赤鳞鱼，但论赤色的浓艳，金鲫鱼显然更胜一筹，并且更好养，所以从这个时候开始，人们便有意无意地淘汰掉了池中的鲤鱼，而逐渐全部换成了金鲫鱼。

金鱼饲养的一个质的飞跃在于明朝，此时普遍出现了以容器饲养金鱼的风潮。瓦盆、木盆，甚至瓷盆，这些比池塘要袖珍得多的容器，限制了金鱼的游动空间，也逼迫它们在身体上做出了相应的改变。它们的体型逐渐变得短而肥胖，色彩也发展出更多类别。

值得一提的是，明朝人对金鱼的命名，也是百花齐放，诸如金鞍、锦被、印头红、鹤顶红、七星和八卦等。但话又说回来，那时金鱼的命名虽多，但都主要是用以区分颜色，而今天我们所见到各种各样的身体变异品种，并没有在那时被提及。唯一可以做出推测的是十二红、十二白和莲台八瓣等。从这些名字，我们可以想象那时的金鱼尾鳍一定分开了，异化为三叶，甚至四叶，否则不会出现“十二”这个数字。还有就是玛瑙眼、琥珀眼和朱砂眼，说明对眼部的培育也被逐渐单独分离出来，对以后的“龙睛眼”问世奠定了基础。

金鱼品种真正意义上的第一次大爆发，大约在晚清光绪年间。之前的金鱼多是以颜色区分品种，其实本质都是一个模子；而此时的金鱼，在头、背、身和尾各方面都有了突破性进展，分出了草、文、龙、蛋四个大系。草种金鱼是最为普通的金鲫鱼；文种金鱼最初只是要求尾鳍分开成四叶，但可喜的是，那时金鱼的头部增生出肉瘤，出现了帽子和狮头等品种；龙种金鱼眼睛外凸，硕大奇异，除普通龙睛外，后又演变出眼珠儿上翻的“朝天眼”；蛋种金鱼则是鲫鱼变异的极致，因为它居然整个背鳍都退化掉了，身体浑圆，光溜如鸡蛋，故名为“蛋种”。

晚清至今天的一百多年里，是金鱼发展的黄金阶段，我们如今看到形形色色的金鱼，基本都是这个时段培育出来的。

从乾隆皇帝起，金鱼徐家奉召入京，专门饲养宫廷金鱼，这些小生灵便被注入了皇室宠物的贵族血液。而今，随着社会的变迁，金鱼的风貌却早已大不如前。失去了奢华尊贵外衣的金鱼，也已变成了市场流通用来创造 GDP 的一个普通商品，而经过“量产”和“粗放式饲养”两轮业火烧灼的“国粹”，早没了往昔的华美与精致。恰逢此时，又有邻国东瀛西进而来的新品种“兰寿”，以其惊人的繁殖力与“外来和尚会念经”的宣传优势，摧枯拉朽般迅速占领中国的市场，给了本就消沉的本土金鱼当头一棒。讽刺的是，由于“中国式制造”的粗犷毛糙，由日本兰寿落户而后定型的中国兰寿（简称“国寿”），也迅速从一代经典衰败到今天的风华不再。兰寿，在中国做了把过山车，化身“国寿”，也一样面临了本土品种的尴尬。金鱼，亟待救援。

有人说金鱼是买卖，生意的事情就按生意的办，投放在市场上让它自行调整即可。事实证明这是错的。那么，什么样的人才能保护金鱼呢？鱼场的经营者，金鱼玩家，政府部门，此三者缺一不可。

鱼场有足够的资源，水面、种源、饲料，满足这些条件才能够给金鱼一个基础数量的保证；而金鱼玩家则是从审美和标准上框定金鱼培育的方向，此两者相结合，一个“复壮名鱼”或是“培育新种”的核心便可形成。而政府所要做的，便是在外围为这一行动保驾护航，真正地出力出资，像保护大熊猫那样把金鱼当成国宝，那么，我们的金鱼复兴一定是指日可待。

笔者作为一个普通鱼友，不敢说自己有多大的能量，但是眼见当年的“国粹”如今沦落街头，成为廉价玩物，实在不敢袖手旁观。我们若要重拾国粹，让金鱼焕发出它曾经的光彩，就一定要每位爱鱼人舍一己之力，宣传呼吁，把它的美丽展示给大众百姓。